正義のセ

ユウズウキカンチンで何が悪い！

阿川佐和子

角川文庫
19907

目次

第一章　妹の散歩

豆腐屋の朝は早い。

毎朝三時に床を出て、作業を開始する。先代から受け継いできた、この五十年来、変わることのない日課である。

豆腐屋は、小柄な体躯《たいく》を布団の中でいったん丸めて静かに寝床から抜け出すと、隣で寝ている妻の布団をまたいで洗面所へ向かう。歩を一つ進めるたび、暗がりに床板のきしむ音が響く。

黄色い電球の下で用を足し、冷水で顔を洗い、格子柄のシャツとズボンに着替え、妻の手編みの腹巻きをして白い上っ張りを羽織る。階段を下りて茶の間の柱に引っかけた膝《ひざ》下丈の白いビニールエプロンをつけ、腰の後ろで紐《ひも》を結ぶと、長靴を履いて作業場に下りる。

ボイラーの壁面にかけてある白いキャップを取り上げると、ツバを片手で押さえてステンレス製の機械に映る自分の顔に一瞬だけ視線を向ける。

子供の頃、プロの野球選手になるのが豆腐屋の夢だった。こっちのキャップをかぶる予定じゃなかったんだけどな。しかし心は、バッターボックスへ向かう四番打者と同じだ。よし、今日もかっとばすぜ。豆腐屋は空で素振りの真似をしてみせてから、手をさすって暖を取り、さあ、始めるかとばかりに二、三度、柏手《かしわで》を打つと、青いホースのついた蛇口をひねって機械の洗浄を始める。家も街も、寝静まっている。ガラス戸の外は、まだ暗い。

前日より水に浸しておいた大豆が桶《おけ》のなかでじゅうぶんにふくれ上がっている。豆腐屋は大豆の桶を持ち上げ、一気にグラインダーへ流し込む。スイッチを入れる。静まり返った作業場に、規則正しい機械音が鳴り響く。まもなくねっとりとしたクリーム状の生呉《なまご》がグラインダーの口からニュルニュルと流れ出す。出てきた生呉はそのままチューブを伝って隣のステンレス釜《がま》に移り、ボイラーの力で泡を吹きながら炊かれていく。グイイ――ン。釜のてっぺんから蒸気が勢いよく噴き出す。

続いて豆乳とおからの分離が始まる。チューブから絞り出される豆乳がステンレスの巨大な寸胴鍋《ずんどうなべ》に溜《た》まると、いよいよ豆腐を固める段だ。豆乳の表面に細かい泡が浮かぶ。その泡を、豆腐屋は短い木べらを使って丁寧にすくい取り、コンクリート床の排水溝にシャシャッと手早く捨てる。

いつのまにか豆腐屋の妻が作業場に下りてきて、木枠の準備に取りかかっている。亭主と同じく、白い上っ張りに白いエプロン姿だ。妻は木枠の四方に、濡《ぬ》れた木綿の布を張り、それを二つ作って、腰に手を当て、時を待つ。

電話が鳴る。

「はい、竹村《たけむら》豆腐店です」

妻の口から甲高い声と白い息が吐き出される。「はい、はい。がんも五十個とおからを三キロ。八時までに。はい、わかりました。ご用意しておきます。毎度ありがとうございます」

五時十分。今日、最初の注文が来た。

豆腐屋は泡のすっかりなくなった豆乳の表面に、透明な液体を少しずつ打ち始めている。にがりだ。左手ににがりの入った小鍋を持ち、右手の長い木べらで寸胴鍋の豆乳を丁寧にこぐ。豆乳の固まり具合を凝視しながら、ゆっくり右腕を回し、そしてまた、にがりを打つ。しだいに豆乳は、蒸し上がりのタイミングを逸した茶碗《ちゃわん》蒸《む》しのように分離を始め、みるみるおぼろの状態に変じていく。白い固まりと黄色い液体が交互に混ざり合い、マーブル状の図を描く。豆腐屋はそれでもなおゆっくりと、精魂込めて木べらを動かす。

ひとしきり経つと、豆腐屋は大きなざるをおぼろの上に置き、表面に滲《にじ》み出す黄色い水を、にがり打ちに使ったアルミの小鍋で掻《か》き出し、コンクリートの床に捨てる。船底に溜まった水を掻き出す漁師のように、同じ動作を何度も繰り返す。後ろで待機する妻は、注文票を確認したり、この後に続く絹ごし豆腐の下準備をしたりしながら、黙って夫の後ろ姿を注視する。やおら、豆腐屋が中腰の背中を伸ばし、一つ息を吐く。それを合図とばかりに、妻が、最前用意した木枠を二つ、その下に四角いプラスチックの箱を添え、豆腐屋の傍らに素早く差し込む。豆腐屋は妻の顔を一瞥《いちべつ》もせず、黙って小さなアルミ鍋を握り、おぼろ状に固まった豆乳を汲《く》む。汲んだおぼろを、妻が支える木枠の底に丁寧に納める。続いてひとすくい。そしてまたひとすくい。同じ動作を黙って繰り返す。木枠におぼろ豆腐が三分の一ほど溜まる頃、妻は夫をおいて再び自分の持ち場へ戻る。会話はない。夫婦は黙々と仕事を続ける。木枠の壁面の穴から漏れ出す黄色い水の、チョロチョロと、受け皿となっているプラスチック箱に落ちる音だけが作業場に響く。何層にもわたるおぼろ豆腐を木枠の縁いっぱいに積み上げたら、その上にすのこ、さらにアルミの蓋《ふた》をし、最後に重しを載せる。

ほどよく水が抜けるまでおおかた二十分。豆腐屋が壁にかかる時計に目を上げることはない。時計を見ず、豆腐の顔色を窺《うかが》って、今と思った頃合に木枠を抱えて店先の槽へ駆け寄り、枠ごと冷水に突っ込む。澄み切った水のなかに、木枠を離れて白い豆腐がゆったり現れる。イルカの水中出産のごとく、豆腐は四角い固まりとなって銀色のプールをゆうゆうと泳ぐ。豆腐屋は感慨に耽る暇もなく、冷たさのあまりピンク色に染まった手を伸ばし、作業台の豆腐包丁を握ると再び水中に突っ込んで、できたばかりの豆腐を寸分違《たが》わぬ一丁の大きさに切り分ける。

「あら、あんた、起きたの」

事務部屋の柱にパジャマ姿でもたれかかる凜々子《りりこ》を見て、母親の芳子《よしこ》が声を発した。凜々子は両手を左右に伸ばして大きなあくびをする。同時に光沢のある長い髪の毛が肩でさらさら移動した。

「だってハルちゃんが起きろ起きろって、うるさいんだもん。寝てられないんだよお」

温子《はるこ》は今年で五歳になる。凜々子の六つ下の妹だが、凜々子よりはるかに早起きである。今日も温子は、もういない。

朝、芳子が作業場に出る支度をしていると、物音に気づいた温子の目がぱちりと開かれる。布団を足で退け、半身を起こして足元の服を引き寄せる。パジャマの上から、衿《えり》にレースのついたブラウスを羽織り、おぼつかない手でボタンをようよう上から三つまで留め、あとの二つはズボンの中に押し隠す。そして温子はベッドを這《は》い出し、子ザルのように素早くはしごを登り、二段ベッドの上段に寝ている姉の凜々子の寝顔に声をかける。

「おねえちゃん、起きて」

凜々子は聞こえない振りをする。

「ねえ、おねえちゃん、起きてってばあ」

目を閉じたまま凜々子は顔をゆがめて寝返りを打ち、温子に背を向ける。温子ははしごから片手を離し、凜々子の背中を小さな手で叩《たた》く。

「おねえちゃん、ねえ、お散歩行こうよお」

返事がない。温子は布団からはみ出した凜々子の髪の毛に指を二本突っ込んで、ゆっくり梳《と》かし始める。温子には姉の髪の毛をいじる癖がある。大きくなったら美容院の人になるんだと、あちこちで言いふらしている。温子の人差し指と中指がすうっと毛先のほうへ落ちていき、途中、絡んでいる箇所でぴたりと止まる。たちまち凜々子は飛び跳ねた。

「痛っ、やめてよ。もう、お散歩なんて、一人で行ってくればいいでしょ。まだおねえちゃんは寝たいの。眠いんだから」

凜々子が布団を頭からかぶり、蓑虫《みのむし》のように丸まった。温子はあきらめて、またはしごを、今度は時間をかけて慎重に下りる。登るのは容易だが、下りるときは気をつけないと足を踏み外す。無事、畳に着地すると、温子はベッドの角にかけてあるジャンパーを取って、首には母親が編んでくれた赤いマフラーを巻き、部屋を出て、抜き足差し足、階段を下りる。父も母も娘の足音に気づかない。作業場のボイラー音にまぎれて裏の勝手口を開け、温子は外へ飛び出した。

早春の朝の空気はひんやりと、温子の頬を引き締める。ほんのり明るくなりかけた家並みに、ときおりチュン、ジュジュジュッと雀の鳴き声がこだまする。

豆腐屋から一つ路地違いの角地に、玉子焼き屋がある。玉子焼き屋もまた、豆腐屋同様、夜明け前から電気をつけている。店の前には温子の背丈より高く卵が積み上げられている。温子は卵の山の前に立ち、いくつあるのかと、卵一つ一つを指さしながら数え始めた。

「いち、にい、さん、しい、ごー、ろく」

温子は卵がこよなく好きだった。プリンも鳩サブレーもひよ子も、目玉焼きも厚焼き玉子もオムライスも大好物だ。ウチも玉子焼き屋さんだったらよかったのに。温子はこの店に来るたび、そう思う。

「じゅうさん、じゅうごー、じゅうしちー、じゅうはちー」

「お、ハルちゃん、おはよう」

店の中から玉子焼き屋のおにいちゃんが声をかけてきた。

「ハルちゃんはいつも早起きだねえ」

温子はこのおにいちゃんになついていた。おにいちゃんも父親同様、白い上っ張りを着て、白い長靴を履いている。白い上っ張りを着ている人は、みんな、家族みたいなものだ。温子はそう信じていた。おにいちゃんは焼き上がったばかりの玉子焼きの端っこを持ち出してきて、温子の手に載せた。

「どうだい、今日の出来は」

おにいちゃんは膝《ひざ》を曲げて道端に座り込み、温子と同じほどの背丈になると、まるで男友達のように温子の肩に手を回し、味の感想を求める。

「おいしいよ。でも、昨日のよりちょっと甘くないね」

「そりゃ、今日のは出来たてホヤホヤだからな。冷めると甘みが増すんだ」

「ふうーん」

おにいちゃんは一度、店内に消えると、またすぐ温子のところへ戻ってきて、白いポリ袋を温子の前に差し出した。

「ほら、これ、持っていきな」

「なあに、これ」

ポリ袋の中には紙の箱が入っている。触るとまだほんのり温かい。

「うわあ、あったかい」

「出来たての玉子焼きだ。おねえちゃんにも分けてあげな。喧嘩《けんか》すんなよ」

「はあーい」

温子はおにいちゃんからポリ袋を受け取ると、ありがと、と小さな声で言い、唇を横に伸ばして満面の笑みを投げかけた。お礼を言うときは笑いなさいと幼稚園の先生に教えられ、温子はいつもそれを守っている。

「じゃな、また明日《あした》な。気をつけて帰るんだぞ」

温子の頭を軽く小突いて送り出してくれたおにいちゃんを、カニ歩きをしたりスキップをしたりしながら何度も振り返り、手を振って、そして来た道とは逆の方向へ走り去った。

温子には玉子焼き屋ともう一つ、散歩の途中に寄りたいところがあった。蓬萊《ほうらい》橋を渡った川向こうの商店街に建つ御茶屋である。シャッターだらけの店並みに、そこだけガラス戸が開け放たれて、店先でいつも店主のおじいさんが腰をかがめて通りを掃いている。温子は御茶屋の前に立ち止まり、まず深呼吸をすることに決めている。お茶の香りを嗅《か》ぐためだ。

ところがその日は珍しく、店の雨戸が閉められたままだった。雨戸に白い紙が貼られ、「休なんとか」という漢字が書かれているが、温子には読めない。お茶の香りもしない。

「まだ寝てるのかなあ」

ほどけたスニーカーの紐《ひも》を結び直そうと、持っていた玉子焼きのポリ袋をいったん地面に置き、温子はその場にしゃがみ込んだ。ふと、ズボンの下からパジャマがはみ出ていることに気づく。紐を結ぶついでにパジャマの裾《すそ》をズボンに押し込んでいたら、

「そんなとこで、なにしてるの？」

後ろから男の声がした。慌てて立ち上がる。いかつい制服を着ているが、制帽の下の顔は、細い目をしたひな人形のお内裏様にそっくりだ。

「あぶないよ。お家《うち》に帰りなさい」

温子の顔に自分の顔を近づけて、おまわりさんが優しく言った。いつのまにか、まわりにも何人かのおまわりさんと薄茶色のコートを着た大人の男たちが数人、うろうろしている。赤いライトを旋回させながらパトカーも一台、到着した。温子は急に怖くなり、黙って走り出した。

「もしもし、ちょっと、忘れ物だよ」

振り向くと、お内裏様がポリ袋を掲げている。温子は回転していた足に急ブレーキをかけ、Uターンをし、おまわりさんからポリ袋を受け取って、また、家に向かって全速力で駆け出した。

「あのね、ハルちゃんね、大きくなったら玉子焼き屋さんになるの。おにいちゃんの

お嫁さんになって、おいしい玉子焼きをいっぱい作るの」

「あれ、ハルちゃんは美容師になるんじゃなかったのか？」

「美容院さんはやめたの。ハルちゃんね、玉子焼き屋さんのお嫁さんになるの」

「ほお、玉子焼き屋に嫁ぐことにしたか。そうかそうか」

「ハルちゃん、もう寝る時間ですよ。もう八時半過ぎたでしょ」

台所から芳子の声がした。

「まだ眠くないよお」温子が母親に駄々をこねる。

「なあ。ハルちゃんはもうちょっとお父ちゃんのとこにいたいんだよな、よしよし」

浩市《こういち》は幼い温子を抱き寄せて膝に乗せ、おかっぱ頭をなでながら空いた右手で猪口《ちょこ》に酒を注いだ。浩市の斜向《はす》かいには、凜々子と、六十七歳になる祖母の菊江《きくえ》が並んで座り、二人とも口を半開きにしてテレビに見入っている。画面の中の芸人が仲間に叩《たた》かれるたび、どっと笑い声が起こり、凜々子と菊江もつられて笑う。

「おい、この醤油《しょうゆ》差し、もう空だぞ、おい」

浩市が台所に向かって叫ぶが返事はない。

「凜々子、ちょっと、これ」

凜々子は黙って父親から醤油差しを受け取ると、面倒臭そうに立ち上がり、テレビに笑いかけながら台所へ向かった。

「そりゃ、先代の言うことはよくわかるよ。しかしそいつあ、この時代に無理な相談だ」

浩市の言葉がテレビの笑い声にかき消された。それでも喋《しゃべ》り続ける。

「そんなこと続けてたらとてもじゃないが商売あがったりだ。な、わかるだろ、お前だって。俺の言ってること、間違ってねえだろ?」

肉じゃがの鉢と醬油差しを手に、ちょうど台所から戻ってきた芳子を見上げ、浩市が同意を求める。妻の芳子は肉じゃがを炬燵《こたつ》の食卓の上に置きながら、そうだねえと、のどかな返事をしてみせた。

「ハルちゃんね、玉子焼き屋さんになるよ。ねえ、お母ちゃん、なっていいでしょ?」

温子が母親にまとわりつくと、

「ハルちゃんはもう寝なきゃダメ。ちょっと凜々子、宿題はやったの? お母ちゃん、知らないよ、また先生に怒られても」

凜々子がテレビから目を離さないまま、「これ、終わったらやるから」とだけ答えて、また笑う。

大豆は国産を使う。それがウチの流儀だと先代は何度となく息子に言い聞かせてきた。が、息子は先代が生きている頃からささやかに異を唱えていた。そりゃ親父、無理だよ。そんなことしてたら、スーパーの安い豆腐にかなわないって。冗談じゃあねえ。スーパーの豆腐なんて、あんなもん相手にすることたあねえ。こっちは味が勝負なんだ。味のわかるお客さんはウチの豆腐の良さをちゃんとわかってくれているんだぞ。それをお前、裏切るって魂胆かい。短気な父親にまくし立てられると、息子はそれ以上、何も言えなくなった。しかしもう親父はいない。俺の店なんだ。俺がこの店の主《あるじ》なんだから、俺の好きなようにさせてもらおうじゃないか。

「な、そうだろ。俺は何も手を抜こうって言ってるんじゃない。だって国産を使おうがカナダの大豆を使おうが、手間は同じだ。だけど経費は二割増しなんだからさ。それを価格に上乗せするってわけにはいかねえだろ」

赤ら顔の豆腐屋の独演会は続く。

「おい、酒」

もともと豆腐屋はさほど酒に強くない。色白のつるんとした顔が、銚子《ちょうし》一本ほどでリトマス試験紙のように簡単に染まる。それでも豆腐屋は、家族団らんの食卓に、その日売れ残った豆腐を並べ、湯豆腐を突《つつ》きながら晩酌するのを、何よりの楽しみにしていた。

豆腐屋を継ぐと決める前、短い間ではあるが会社勤めをしていた時代がある。その頃は、会社の仲間と明け方まで飲み明かしたものだ。しかし朝の早い豆腐屋に夜遊びは禁物だ。休日の前夜ぐらいしか飲みに出かけることはない。それも最近はほとんどしなくなった。だから家での軽い晩酌ぐらいは許してやらなければ気の毒だ。妻は理解していた。しかし、飲み過ぎと寝不足は必ず翌日の豆腐の味にたたる。妻は亭主の手から空の銚子を受け取って、痛む腰をさすりさすり柱時計に目をやった。まもなく九時になろうとしている。

「わかってますよ、そろそろ寝る時間だって言いたいんだろ。私だってね、この道二十年、寝坊したことが一度だってありましたか？　あ、一度、あったな。三度？　そんなこたあねえだろ。とにかくあと一本でいいからさ。それだけ飲んだら大人しく寝ますから、ね、奥さん、お願いしますよ」

夜の豆腐屋は、作業場にいるときと打って変わって饒舌《じょうぜつ》だ。妻は銚子を持って台所に消えた。聞き手を失った豆腐屋は、今度は自分の母親に向き直る。

「ねえ、俺、間違ってる？」

「なにがだい？」

菊江はテレビから目を離さぬまま問い返す。

「だから国産大豆のことだよ。俺の話、聞いてなかったの？　輸入大豆、使わないとね、妻子を養うの、大変なんだよ。おふくろの世話だってできなくなっちまうよ」

「そりゃ、別に間違ってるってことは、ないけどさ……」

「けどさって、けど、なんなんだよ」

「別に、なんでもないよ」

菊江は、わずらわしそうに息子の顔をちらりと見て、持っていた湯飲みを口に近づけた。

「これだよ、おふくろはいっつも、これですよ。だいたい俺が豆腐屋を継ぎたくねえって言ったときだってさ……」

「あっ」

菊江が湯飲みを口から離してテレビのほうに身を乗り出す。豆腐屋の言葉は遮られ、家族全員が画面に吸い寄せられた。お笑い番組が終わり、ニュースが始まった。

「今日未明、中央区月島《つきしま》で、御茶問屋の老夫婦が何者かに襲われた事件の続報ですが、その後、病院に運ばれた妻は依然、意識不明の重体、夫は出血多量で死亡した模様です。なお犯人は逃走したまま、いまだに見つかっておりません。現場から中継でお伝えします」「はい、こちら強盗殺人事件のあった現場です。江戸時代から続く古い店が建ち並ぶこの静かな商店街の一角で、突然、恐ろしい事件が起こりました。今朝四時過ぎ……」

「ちょっと……」と凜々子がテレビ画面を指さした。「これって、あの川向こうの御茶屋さんじゃない？」

深刻な表情でマイクに向かって喋り続ける女性記者の後ろに、瓦《かわら》屋根の木造二階屋が映った。二階のガラス窓の下に、剝《は》げかかった木製の看板が掲げられ、大きく「御茶」と彫られている。

「あ、ここ、ハルちゃんがいつも行くとこだ」

温子が父親の膝《ひざ》から飛び降りて、テレビのそばへ走り寄った。

「いつもって温子、今朝も行ったのか？」

父親の浩市が素っ頓狂《とんきょう》な声を出した。

「うん。行ったよ。でも、お店、閉まってたの。おまわりさんがいた。おうちに帰りなさいって言われた」

「おいおいおい、冗談じゃないよ。お前、知ってたか、この事件」

浩市が振り向くと、妻の芳子は、

「知らなかった……。だって朝からずっと、あんたと一緒にがんも揚げてて、夕方、反対側の商店街に買い物行ったけど、誰もそんな話、してなかったし。豆腐買いに来たお客さんだって。これ今日、初めて見たニュースだもの。まさか御茶屋さんのおじいちゃんが殺されるなんて……、信じられないねえ」

「御茶屋さんのおじいちゃん、殺されたの？　ねえ、お母ちゃん、御茶屋さんのおばあちゃんも殺されたの？」

「おばあちゃんはまだ死んでないから」

芳子は騒ぎ立てる温子を抱き寄せて、炬燵の傍らに座り込んだ。

「やれやれ、物騒な時代になったもんだねえ。ハルちゃん、もう明日《あした》からは一人でお散歩行っちゃあいけないよ。まだ犯人、捕まってないんだろ？　ここいらうろうろしてるかもしれないしねえ」

「やめてくださいよ、お義母《かあ》さん、そんな脅かすようなこと言うの。子供たちが怖がりますから」

「あたしだって怖いよ。もしかするとその犯人、老人狙い専門かもしれないじゃないか。あー、やだやだ。あたしゃ、刃物で刺されて死ぬなんてのは、まっぴらごめんだよ。ね、ハルちゃんだって、バアバが強盗に殺されたら、いやだよねえ」

菊江はプクプクした孫の手を握り、上下に振って無理やり同意を求めている。凜々子は、家族の会話を聞きながら呆然《ぼうぜん》とテレビ画面を見つめた。急に呼吸が苦しくなってきた。とくとくと胸を打つ音がする。

妹の温子の早朝散歩に付き合って、凜々子も何度かその御茶屋へ行ったことがある。温子が御茶屋のガラス扉を勝手に開けて、中に顔だけ突っ込んで、「いいにおい。ハルちゃん、このにおい、大好き」と大声で叫ぶので、姉としては恥ずかしくてたまらない。やめなさい、ハルちゃん、お行儀悪いよとたしなめたら、店のおじいちゃんとおばあちゃんが奥からシワシワのニコニコ顔で出てきて、お入りお入りと招き入れてくれた。そのあと凜々子と温子はおばあちゃんが淹《い》れてくれた温かい抹茶ミルクをご馳走《ちそう》になり、帰りには抹茶キャンディをたくさんもらって帰ってきた。あんなにニコニコしていたおじいちゃんが、なぜ殺されなければいけないのだろうか。おばあちゃんも死んじゃうのだろうか。もし今朝、温子がもう少し早くあの御茶屋さんに行っていたら、事件に巻き込まれて強盗にナイフで刺されていたかもしれない。もし温子が殺されたら、私はあの朝、なんで妹の誘いを断ってもっと寝ていたいなんて言ったのかと、生涯悔やんだことだろう。幼い妹を一人で散歩に行かせて、姉は暢気《のんき》に寝ていたと、親にも親戚《しんせき》にも世間にも、非難され続けることだろう。いやそれより、温子が刃物で刺されている姿を想像するだけで、目に涙がにじむほど怖くなる。

「ハルちゃん、もう絶対に一人で散歩に行っちゃいけないよ。わかった？　ぜったいだよ。行ったらおねえちゃん、一生、遊んであげないからね」

凜々子が怖い目で妹の顔を睨《にら》みつけたら、温子は突然、火がついたように泣き出した。

「行かないよお。ハルちゃん、わかったよお」

老夫婦強盗殺人事件のあった年の四月、凛々子は小学五年生に進級した。始業式の朝、校庭で校長先生の挨拶《あいさつ》を聞いて教室に戻ってくると、まもなく大柄の女の子が一人と、岩石のようにゴッゴツした顔の背の高い男の人が一人、担任の新井忠太《あらいちゅうた》先生に連れられて入ってきた。

「おーい、みんな、静かに。自分の席についてくれー」

アラチューの号令に従って、ざわざわしていた教室内がたちまち静まった。

「紹介したい人がいます。こちら、新しくこの学校にいらした熊川《くまかわ》先生。熊川……、なんておっしゃいましたっけ？」

アラチューがひそひそ声で、隣に立っている長身の、名前通り熊のように髪の毛の黒々とした男を見上げて囁《ささや》くと、あ、シゲルです、と、その男は見た目に反した弱々しい声で答え、あ、そうですねと相づちを打ちながら、チョークを取って黒板に自分の名前を大きく書き出した。

「熊川茂」

「えーとですね」とアラチューが、黒板の名前を確認してから児童のほうを振り返り、「急なことでみんなには驚かれるかもしれないんですけどね。実は今日からこちらの熊川茂先生が、このクラスの担任になってくださることになりました」

え――っと、教室中がにわかにどよめいた。

「じゃ、新井先生は辞めちゃうんですか、この学校？」

クラス委員長の成宮譲二《なりみやじょうじ》が質問した。

「いや、辞めはしないさ。六年二組の担任に移るってだけだ」

「うっそお。なんでぇ？」あちこちから声が上がった。

「まあ、いろいろと学校の事情があるらしくてな。六年生の担任が一人、お辞めになるっつんで、急遽《きゅうきょ》、僕が引き継ぐことになったという……」

アラチューも今回の人事に納得がいっていないのか、言い渋っている気配がある。

「先生、それ、変だと思います。だったら六年生のほうに新しい先生が行けばいいんじゃないんですか」

谷山真弓《たにやままゆみ》の大胆な発言に凜々子は驚いた。そんな、新しい先生がいる前でそんなこと言ったら失礼だろう。しかし内心は凜々子も真弓と同じ気持である。なぜ六年生のために、五年生である自分たちが犠牲にならなければいけないのか。しかもこんな月輪熊みたいな月面みたいな、うざそうな先生と交代するなんて。ぜんぜん理解できない。アラチューとどっちが歳上なんだろう。老けて見えるけれど、もしかするとアラチューより若いのかもしれない。やれやれ、これからせっかく新しい一年が始まるというときに。凜々子は急激に気力が失せた。

新井忠太先生は、クラスのみんなに人気があった。背は低いががっしりした体格で、何事にも動じない剛胆さがあり、「大丈夫、大丈夫」というのがアラチューの口癖だ。席順も児童の自治に任せると言っていっさい口出しをしないし、成績の善し悪しで子供を差別することもない。その上、服のセンスがいい。凜々子たち女子にとっては大きなポイントだ。ブルーやピンクの爽《さわ》やかな色のワイシャツの上に、たいてい紺かグレーのジャケットを着ている。ときどき靴下が赤や黄色だったりして、どうだ、可愛いだろと、これ見よがしにズボンの裾《すそ》をあげて自慢する。女子がキャアキャア騒ぐと、アラチューはますます調子に乗って、教壇でピエロのように踊って見せることもある。

おどけてばかりいるわけではない。大学時代は体育会のラグビー部だったらしくスポーツ万能で、だからなのか声が大きく、児童が悪さをすると教室のガラス窓が震えるほどの声で怒鳴るので、気の弱い児童は泣き出すぐらいだ。ことに体育への熱の入れようは人一倍で、運動のできない子供はしょっちゅう怒鳴られる。でも、その厳しいトレーニングのおかげで、跳び箱が大嫌いだった凜々子も今や五段まで跳べるようになった。運動会のときは児童の誰より興奮し、自ら応援団長を買って出て、鉢巻き頭に大きい旗を振り回し、周囲に笑いが起きるほど派手に応援するから、かなり恥ずかしい。でもそこが、アラチューのいいところだと凜々子は思っていた。

子供というのは担任の資質におおいなる影響を受けるものであり、三年生からの二年間、このメリハリに長《た》けた明るいアラチュー学級で深刻ないじめ問題は一度も起きなかった。体力測定の結果もクラス対抗では二年連続、高学年を抜いて校内一位を維持している。もっぱら新井先生の功績だと、保護者の間でも評判はすこぶる良かった。

　そのアラチューが突然、自分たちを捨てて他のクラスの担任になる。大人の事情はわからないけれど、児童は納得がいかなかった。

「みんなには、もう少し早くこのことを伝えたかったんだけどさ、なにせ決定したのが春休みの終わりだったんでね。しかしまあ、一生、会えなくなるってわけじゃないからな。大丈夫、大丈夫。熊川先生がきちんとみんなの面倒を見てくださる。お前たち、熊川先生に迷惑かけるんじゃないぞ」

　そう言われても、児童の不満は収まらない。教室中がざわついたまま、しばらく収拾がつかないほどの騒ぎになった。黙って教室を傍観していたアラチューが、ふと、巨大な熊川先生の陰に隠れてしおれた顔で立ちすくんでいる女の子の存在に気がついた。

「お、そうだ。忘れてた。ごめんごめん。もう一人、紹介する人がいました。はいはい、みんな静かに。聞いてください。おい、大輔《だいすけ》、席につけ。えーと、彼女は秋田の学校から転校してきた小林明日香《こばやしあすか》さんです。明日《あした》の香りって書くんだっけ？　じゃ、一言、自分で挨拶してくれるかな」

「あー、小林明日香です。あぎだがら来ました。よろすぐお願いすます」

たちまち笑い声が上がった。

「よろすぐ、だって。なんだ、それ」

「チョー笑える。あぎだ弁っすか？」

ひそひそ囁き合う声があちこちから聞こえ、小林明日香は顔を赤くしてうつむいた。口が少しずつへの字になっていく。その顔を見ているうち、凛々子は腹が立ってきた。

「やめなさいよ。可哀想じゃない」

特にケタケタと下品に笑い合っていた男子グループのほうを向き、凛々子は声高に注意した。笑っていた児童がたちまち黙り込む。

「そうだぞ。凛々子の言う通りだ。地方の言葉には、標準語よりはるかに深い文化と歴史があるんだ。それを嗤《わら》うってのは、自分に教養がない証拠だ。浩太《こうた》、わかったな。今後、そういうことで人を小馬鹿にするもんじゃないぞ」

アラチューが剽軽者《ひょうきんもの》の宇垣《うがき》浩太を名指しで叱った。

「でも、俺、別に小馬鹿にしたつもりないですけど。ちょっと可笑《おか》しかっただけで……」

「言い訳はいい。わかったかって聞いているんだ。返事しろ」

「はい、わかりました……」

浩太の声は、明らかに不服そうだった。

その日以来、凜々子は転校生の小林明日香の面倒を率先して見るようになった。

凜々子は一度も転校したことがない。生まれたときからずっとこの町に住んでいる。だからむしろ、転校することに一種の憧《あこが》れを抱いていた。ただ、転校生はきっと、新しい学校に馴染《なじ》むのが大変なのだろうということぐらいは想像がついた。学校の雰囲気に慣れるのも、友達を作るのも容易ではない。その不安な気持を理解してあげなければいけない。

凜々子にとって明日香は格別、友達になりたいタイプではなかった。縦にも横にも大きめで、あまり運動神経が良さそうではないし、冗談を言っても反応が鈍い。テレビはあまり見ないというのでドラマやバラエティ番組や好きなタレントの話もできないし、彼女の方言が気に障るわけではないけれど、こもった声でぼそぼそ話すから、実際、聞きづらい。ただ、凜々子が自分のコレクションの一つである香りのする消しゴムをあげたり、どうやら明日香が苦手らしい算数の問題の解き方を教えてあげたりしたときに、なんともいえぬうれしそうな顔で「ありがとう」と応《こた》える明日香を見てしまうと、凜々子は放っておけなくなるのである。

凜々子が明日香の世話に熱を上げるにつれて、クラスの他の友達は二人と距離をおくようになった。それまで凜々子と親しかった麻里《まり》と佳奈《かな》もあまり遊ばなくなり、凜々子のほうが近寄っていけばどこかよそよそしい。その視線には、凜々子は小林さんと一緒にいればいいんじゃないのと言いたげな気配が漂っていた。

「なんか最近、麻里も佳奈も、ちょっと変なんじゃない？」

ある日の放課後、凜々子は二人を直撃した。すると、

「なにが？　別に？」

ランドセルを背負った麻里と佳奈が二人並んで首を傾げた。

「だって、この頃、あなたたち二人とも、ぜんぜん私に声かけてこないじゃない」

「かけなくちゃいけなかった？　だって凜々子、忙しそうだもん、ね」

「うん。お邪魔しちゃいけないかなって。変なの、凜々子のほうなんじゃないの？」

二人の顎《あご》が心なしか上を向いている。

「なんで私が変なのよ。私のどこが変なのよ。私が明日香ちゃんの面倒見てるのがいけないの？　だって明日香ちゃん、友達作るの大変なんだよ。あなたたちだってもっと優しくしてあげるべきなんじゃないの？　何が気に入らないの。ねえ、ちゃんと説明しなさいよ」

凜々子がムキになって反論するや、

「コワーイ。凜々子って、すぐ怒るんだから。怖いねえ、この人」

麻里と佳奈はクスクス笑って首をすくめ、「叱られちゃうから、あっち行こっか」

「うん、行こ行こ」と囁《ささや》き合いながら、凜々子を残して去っていった。

もういい。凜々子は思った。今はたしかに明日香の世話で忙しい。麻里や佳奈とはいつでも遊べる。彼女たちだって、本当は私の気持をちゃんとわかってくれているはずだ。小学一年生のときからずっと仲の良かった三人組の関係が、こんなことで壊れるわけはない。いつか仲直りはできるさと、凜々子は自らに言い聞かせた。

しかし凜々子の願いとは反対に、二人へのシカトはさらに露骨になっていった。麻里や佳奈だけでなく、普段はサッカーとゲームにうつつを抜かして明るさだけが取り柄の男子たちまでが、凜々子に冷たくなった。まるでそうすることがこのクラスの新しいルールであるかのように、クラス全体が凜々子と明日香に無視を決めているかのようだった。誰かが糸を引いている。私を貶《おとし》めようとしている。クラスメイトに向ける凜々子の視線はしだいに猜疑心《さいぎしん》と不信感に包まれて、クラス全体が敵に見えてきた。

アラチューがいたら、ぜったい、こんなことにはならなかったはずだ。アラチューは、児童の誰が悪巧みをし、誰が元気を失っているかを見抜く名人だった。友達の間で険悪な関係になる前に、たいがい問題は収まった。いったいどうやってアラチューは丸く収めてしまうのか。凜々子にその方法はわからないけれど、いつのまにか解決してしまう。その点、新任の熊川先生にはそういう才能も気概もなさそうに見えた。

だいいち担任として児童を愛していると思えない。何の用事があるのか知らないが、熊川先生が来てから、やたらと自習が増えた。給食の時間は児童たちと教室で食べることはなく、いつも一階の談話室で、奥さんが作った弁当を食べているらしい。児童に関心がないんじゃないか。そもそも先生に向いていないんじゃないか。そういう噂が教室に流れるや、児童の先生に対する尊敬の念はたちまち崩れる。あれだけ統制の取れていたアラチュー学級は、みるみる壊れていった。

凜々子は放課後の、ほとんどの児童が帰宅したあとに、思い切って職員室を訪れた。熊川先生がいないことを確認したあと、こっそりアラチューの机に走り寄った。

「おお、凜々子。どうした？」

アラチューはちょうどテストの採点をしているところだった。国語のテストだ。難しい漢字がたくさん並んでいる。六年生になったらこんな難しい漢字を覚えなければいけないのか。

「こらこら。人のテストを覗《のぞ》き見するな。スパイに来たのか？」

「違いますよお」

「じゃ、どうした」

「あのお、先生に相談したいことがあるんです」

「なんだ、どうした」

「やっぱ、アラチュー先生じゃないと、あのクラス、まとまらないと思うんです」

アラチューは、持っていた赤ペンを机の上に置き、空いていた隣の椅子を凜々子の前に寄せると、座れと目で合図した。凛々子はふうっと大きく息を吸ってから、教員用の事務椅子に腰掛けた。チョー緊張する、と、凛々子は心の中で思った。

「いいか、凛々子。僕はもう、君たちの担任じゃない。担任は熊川先生だ。クラスの問題はまず熊川先生に相談しろ。僕を頼りにしてくれる気持はうれしいよ。だけど、考えてみろ。もし凛々子が教師になって、新任の先生として児童たちの面倒を一生懸命見ようとしている矢先に、前の先生にばっかり相談を持って行かれたらどう思う？　悲しいだろう。熊川先生もまだこの学校に来たばかりで、みんなと仲良くなるには時間がかかるんだ。明日香ちゃんと同じように、つらい立場なんだよ。だいたいその、凛々子の悩みを熊川先生には相談してみたのか？」

「いえ……、まだ」

「じゃ、とにかくまず熊川先生に相談して、どうすればいいか聞いてごらん。それでどうしてもわからないことがあったら、僕のところへ来なさい。いいな」

凛々子は椅子を立った。何か言おうと思ったが、言葉が出てこない。

「はい……」

凛々子は一礼し、アラチューに背を向けた。

「おい」アラチューが凛々子を呼び止めた。「はい？」振り向くと、

「大丈夫、大丈夫。ちゃんと熊川先生が解決してくれるから。心配するな」

凜々子は職員室を出るときにもう一度頭を下げ、一気に廊下を走った。

「ただいま」

凜々子が勝手口から入って作業場に顔を出すと、父親の浩市と母の芳子が同時に振り向いた。

「ああ、おかえり」

娘の後ろにもう一人、大柄な女の子のいることに芳子は気がついた。

「あら、お友達？　初めまして……かな？」

「うん、この子、小林明日香さん。四月から私たちのクラスに転校してきたの」

凜々子の後ろで明日香がぺこりと頭を下げた。

「明日香のおじいちゃんが昔、秋田で大豆作ってたんだって。で、東京の豆腐はまずいって言うからさ、ウチの豆腐はおいしいよって言ったら、食べたいって」

たちまち浩市ががんもを揚げる手を止めて、タオルで汗を拭《ふ》きながら凜々子のそばへ近寄ってきた。

「そうか。いいよ、いくらでも持っていきな。おじいちゃんが作ってた大豆ってのは、エンレイかい？」

「大豆の種類だすか。たすかライデンだったど思うけども。ばあさんがよぐ、ライデン、ライデンって言ってだがら」
「ああ、ライデンね」

「日本は外国の大豆ばっかり輸入しで国産の大豆農家を大事にさねがら、ろぐなごどねって、いっつもじいさん怒ってだ。大豆は畑の神様だ。大豆食べでれば病気さねって。だがらウヂ、毎日大豆の煮物ばっかで。あぎでしまうんだども、でも豆腐はちっちぇ頃がら大好ぎだったんだ」

「そうかそうか。そうだよなあ。国産大豆はつらいよなあ」

父親が明日香の話に深く頷《うなず》いている。凜々子はそばで黙って聞いた。

「ウチもな。昔はライデン使ってた時期があったんだけどな。そうか、じゃ、おじいちゃんが育てた大豆も使ってたかもしれないなあ。おじいちゃんはまだ大豆、作ってんの?」

「いや、もう引退して。畑も売ってしまって。どうせあど継ぐヤヅいねがらって。継いでも大豆農家に将来はねって」

浩市は再び、そうかそうかと頷くと、また揚げ場に戻って生のがんもを二つ三つと勢いよく油に落とした。長い鉄の箸《はし》を持ち、油を睨《にら》みながら、

「明日香ちゃん、ウチの豆腐、なんでも好きなの持っていきな。ウチのはね、今、佐賀のフクユタカって大豆を使ってるけど、うまいぞ。大豆は国産にかぎる。コクと甘

みがぜんぜん違うからね。お、木綿と絹とどっちがいい？　両方持ってってもいいぞ。変わり豆腐もいるか。胡麻《ごま》豆腐、よもぎ豆腐、そうだ、凜々子、あれ、あげなさい。ほら」

「なに、父さん」凜々子が問い返すと、

「あの、豆腐プリン。昨日作ったのが冷蔵庫に入ってるだろ。今、ここで食べてくか。で、気に入ったら残り、持って帰って、な」

「明日香、豆腐プリン、食べたい？」

凜々子が訊ねると、うん、と明日香が大きく頷いた。学校ではめったに見せることのないすがすがしい表情だ。二人ははしゃぎながら業務用の冷蔵庫を開けて、中から豆腐プリンを二つ取り出すと、さむーい、さむさむと騒ぎながら靴を脱いで茶の間に上がった。

「ほら、この黒蜜《くろみつ》つけて食べなさい。凜々子、スプーン、出してあげて。今、お茶淹《い》れてあげるからね」

母親も明日香に親切だ。

「あ、ずるーい。ハルちゃんも豆腐プリン食べる」

温子が二階から下りてきて、ちゃぶ台に駆け寄った。その拍子に、廊下と茶の間の境の段差に躓《つまず》いた。

「あっ」

明日香がとっさに近寄って、温子を抱き留めた。

「痛ぐね、痛ぐねよぉ。大丈夫だ。痛いの痛いの、とんでいげええ」

明日香が温子の膝《ひざ》をさすっておどけた調子で何度も叫ぶので、泣きべそをかいていた温子はとうとう笑い出した。明日香が幼い子供の扱いに慣れているとは思いもよらなかった。クラスでびくびくしてばかりいる明日香が、父と対等に話ができるだけで驚いたのに。凜々子は急に可笑《おか》しくなった。両親が一目で自分の友達を気に入ってくれたことも、明日香の新たな面を見つけられたことも、明日香が学校とは打って変わって、我が家で元気なことも。凜々子には、どれもがうれしい発見だった。

「凜々子ちゃん、なに、笑ってらんだ?」

「なんでもない」

「なんでもねえごどねえべ」

「なんでもないってばあ」

そう言いながら、二人ともスプーンを持ったまま、畳に仰向《あおむ》けになって笑い転げた。

凜々子は熊川先生に相談する決心をした。月に一度まわってくる日直の当番日記に、さりげなく手紙を挟んでおく。日記に直接書くと証拠が残ってしまうけれど、手紙にしておけば先生以外の誰にも気づかれる心配はない。実のところ凜々子はこの方法でアラチューにも手紙を書いたことがある。四年生の夏休み明け、クラスでいちばん色白の末松清《すえまつきよし》が一週間連続で遅刻した。アラチューが末松清になぜ遅刻したかを尋ねると、

「寝坊しました」

「一週間、毎日、寝坊したのか」

「はい」

しばらくの沈黙のあと、先生は、罰として末松清に一週間の掃除当番を命じた。

しかし凜々子は知っていた。凜々子だけでなく、クラスの何人かは知っていたはずだ。末松清の遅刻の理由は寝坊ではない。一学年上の男子たちに待ち伏せされるからだ。出くわしたらボコボコに叩《たた》かれる。それが怖くて清は毎朝、登校時間をずらしたうえ、大回りをして学校に来ていたのだ。でもそのことを先生にチクったら、連中の暴行はますます過激になるだろう。清はぜったいに口を割ることができない。清だけでなく、その事実を知っている友達誰もが連中を怖れて言い出せなかったのである。

そんなことじゃダメだよ。凜々子は思い切ってアラチューに手紙を書いた。すると数日後、末松清とアラチューが一緒に登校してきた。そしてその日を境に末松清が遅刻をすることはなくなった。

どうやって解決したのだろう。

凛々子には想像もつかなかった。が、凛々子の手紙を読んだからこそアラチューがなんとかしてくれたことだけは確かである。あるとき凛々子が廊下を歩いていたら、アラチューが人目を避けながらこそこそ近づいてきて、凛々子の耳元で「清のこと、ありがとうな」と囁《ささや》いた。凛々子はびっくりした。え？　いえ、ぜんぜん。なんだか先生と二人でこっそり悪いことをしているようなヒソヒソぶりだ。でも凛々子はホッとした。きっとアラチューは、私の手紙のことを誰にも話していない。だからこそ、こそこそしていたんだ。そう思うとなおさらアラチューへの信頼感が深まった。

その経験があったから、凛々子は熊川先生に手紙を書くことにしたのである。アラチューに、まず担任に相談しろと勧められたせいもある。手紙を書いた翌日、学級活動の時間が終わりかけた頃、熊川先生が唐突に切り出した。

「えーと、実は僕のところに昨日、このクラスの児童から手紙が届きました。今から読み上げるので、よく聞いてください」

うそっ。凛々子は反射的に顔をあげ、その瞬間に先生と目が合った……ような気がして、慌てて下を向く。熊川先生は、凛々子の手紙をみんなの前でゆっくり読み始めた。

「先生。お願いがあります。このクラスにいじめが始まっています。転校生の小林明日香さんをいじめている子が何人かいます。明日香さんは何も悪いことをしていないのに、シカトしたり方言をバカにして笑ったり、ひどいときは明日香さんの下駄箱に『いなかもん、死ね』などと、ひどい悪口を書いたメモを入れたり、体操服を隠したりもしています。こういうことをするのはよくないと思います。だから先生もちゃんと児童を監視して、いじめがなくなるように努力してください」

熊川先生がそこまで読み切ったとき、凜々子は目を閉じた。やめて。お願いだから、やめて。神様に祈る気持で息をとめていると、

「これは、竹村凜々子さんからの手紙です」

いっせいに教室中が反応した。ウッソー、最低、やっぱあいつかよ、おせっかいなオンナ、信じらんなーい……。おもしれーと、手を叩きながらゲラゲラ笑っている子もいる。凜々子はどこを向くこともできなかった。なんで。なんで私の名前まで公表しちゃうの。そんなのあり？　恐怖と怒りがない交ぜになり、呼吸する息が震え出した。後ろの席には明日香もいる。明日香にも、先生に手紙を書いたことは言っていない。明日香はどんな顔をしているだろう。しかし今、明日香を振り向くことはできない。

「えー、もしこれが本当だとしたら、大変に問題です。今後は先生もよく注意して皆さんの様子を観察するようにしますが、皆さんも、そんなばかげたいじめはやめるように。全員ってわけではないだろうけれど、とにかくいじめはよろしくない。する側

もされる側も、なんの得にもならないよ。将来になんの役にも立ちません。だからどうか、やめなさい。いいね。以上、今日の学級活動はこれで終了」

凜々子の命もこれで終了。休み時間になり、凜々子は目を閉じて机に打っ伏した。後ろの席の明日香が何をしているか。凜々子は想像した。明日香が今よりさらにひどいいじめを受けるようになったら、すべては私の責任だ。きっと明日香は私にがっかりしているだろう。手紙なんか書かなきゃよかった。

凜々子の席の周辺に人のいる気配がない。クラスのみんなが寄ってたかって凜々子を非難しにくるかと思ったが、凜々子のそばに近寄ってくる児童は一人としていなかった。ただ、遠巻きにひそひそと凜々子の悪口を言っている気配だけを、耳の片隅に感じた。


空虚という言葉を凜々子は生まれて初めて実感した。何も考えたくない。誰とも話したくない。家族とも明日香とも近所の人とも。もちろん先生やクラスの誰とも会いたくない。すれ違うのすら厭《いや》だ。だから学校にも行きたくなかったが、行かないと父さんや母さんがうるさく追及してくるだろう。言い訳を考えるのが面倒だった。だからしかたなく出かける。しかし、身体が学校に向かうだけで、心はどこにいるのかわからなかった。誰に何を噂されようが、もう凜々子の耳には届かない。私は透明人間だ。そう思い込むことに決めた。授業を受け、ノートを取り、給食を食べ、片付けをして下校する。休み時間は一人で屋上に行って読書をするか、教室の机に打っ伏して寝たふりをする。誰とも接触しない。誰にも声をかけられたくない。まわりに人がたくさんいても、自分はただ呼吸を繰り返すだけで、視線はいつも、遠い景色の先を捉《とら》えていた。

「おねえちゃん、ねえ、おねえちゃんってば」

温子が、寝ている凜々子の背中を叩く。

「うるさい。あっちへ行っててよ」

「じゃあ、いらないのね。シュークリーム」

「シュークリーム？」凜々子はつい、振り返る。温子が二段ベッドのはしごに摑《つか》まりながら、あやうい体勢でシュークリームの二つ載ったお皿を抱えている。甘いバニラの香りが鼻をくすぐる。

「せっかくおねえちゃんのために持ってきてあげたのに。おねえちゃんが食べないなら、ハルちゃん二つ食べてもいいよって、お母ちゃんが」

「なに言ってんの。二つも食べたら食べ過ぎでしょうが。ほら、上がってきなさい。はしごから落ちちゃうよ」

しかたなく凜々子は温子を自分のベッドに招き上げた。温子は壁を背にして凜々子のそばに膝を立ててうずくまり、布団の上に置いたお皿からシュークリームを両手で取り上げると、そのまま口へ運んだ。

「おいしいね」一口かじって温子が凛々子に笑いかけた。温子の上唇にカスタードクリームがついている。久しぶりに温子の顔をちゃんと見た気がする。きっと温子も幼いなりに姉のことを心配してくれていたのだろう。

「うん。おいしいね」

凛々子はしみじみと妹に同意した。

「甘いものは、大事だね」

凛々子は自分に言い聞かせるようにそう言った。

「大事だね」

温子がもっともらしく、オウム返しをした。

翌朝、凛々子はいつもより三十分早く学校に到着した。夜半からの雨がいっそう強くなっている。びしょびしょに濡《ぬ》れた白黒ギンガムチェックのジャンパースカートや、長い髪の毛をタオルハンカチで拭《ふ》いてから、下駄箱で靴を履き替えて、凛々子はそのまま職員室に直行し、熊川先生が来るのを待った。

「おう、凛々子、おはよう。どうした、職員室になんか用か?」

オフホワイトのレインコートを着たアラチューが先に到着し、凛々子に声をかけた。その目はいつもと違う。同情の色が窺《うかが》われる。今回の一件を、アラチューは知っているのかもしれない。いっそアラチューに聞いてもらおうか。迷ったが、凛々子はこらえた。

「いえ、熊川先生に、ちょっと……」

「そうか」アラチューはそれだけ言って、レインコートについた雨粒を手で払いながら職員室に入っていった。

「ああ、竹村さん。おはよう」

ようやく熊川先生が、もそっと現れた。黒々した髪の毛の後ろが立っている。髪も梳《と》かしてこないのか。着ているグレーの背広もあちこち雨に濡れてよれている。こんなだらしなさそうな男の奥さんになる人の気がしれない。凛々子は担任を睨《にら》みつけ、それにしてもデカいと思いながら、一呼吸置いて、切り出した。

「先生、ちょっとお話があるんですけど」

とたんに熊川先生が、ん？　という顔をした。

「あの、この間の手紙のことですが、私、先生のこと許せません」

かすかに困惑した表情を浮かべ、熊川先生はちらりと職員室の中に目をやってから、

「じゃ、あっちで話そうか」

凛々子を職員室の隣の談話室へ招じた。室内が湿気臭い。二人は部屋の隅にある、碁盤を挟んだベージュの古びたソファに向き合って座った。

「で?」

熊川先生が凛々子を促した。待ってましたとばかりに凛々子は喋《しゃべ》り出した。

「なんでみんなの前であの手紙を公表したんですか。それも私の名前まで。ひどすぎます。おかげで私、クラス中の人に嫌われました。もう完全に嫌われ者です。明日香ちゃんだって、前よりひどい目に遭ってるんですよ。先生はいじめのこと、なんにもわかってない。いじめられてる子は、いじめられてることを他の人に訴えただけで、ますますいじめられるんです。そんなこともわからないで、先生は本当に先生なんですか」

まくしたてているうちに声が震え出し、まぶたの奥から涙が溢《あふ》れてきた。それでも凛々子は喋り続けた。

「こんなことされて、明日香ちゃんも私も、自殺したっておかしくないほど苦しんでいるんです。どうしてそんな平気な顔をしていられるんですか。私、信じられない」

「まあ、落ち着いて。そんなにキリキリしなさんな」

熊川先生の顔に薄笑いが浮かんでいる。凛々子はこの男をほとんど憎み始めていた。

「説明してください。どうしてあんなことをしたのか。先生は、私たちのクラスを壊しにきたんですか。こんなに児童の仲をめちゃくちゃにして、反省してないんですか。どうなんですか。答えてください」

「反省？」と熊川先生は凜々子の言葉を繰り返し、突然、声を立てて笑い出した。

「なんか、検事に尋問されてるみたいだな」

「刑事？」凜々子が聞き返すと、

「刑事じゃない、検事。そうか、小学生はまだ習わないか」

「習ってません」

「まあ、簡単に言えば、刑事は犯人を捕まえる人だろ。検事は、犯人を取り調べる人のことだ」そう説明してから熊川先生が、フッと鼻で笑って凜々子を見直した。

「竹村さんが犯人の取り調べをしたら、抜群にうまいだろうなあ。な、自分でもそう思わない？」

　からかっているというより、本気で感心しているような顔で、熊川先生が凜々子に笑いかけた。凜々子はポカンとした。それまでの勢いを削《そ》がれ、怒りの方向を失った。流れていた涙も止まってしまったではないか。私が検事に向いているかどうかなんて、そんなことはどうでもいい。凜々子はそう言い返してやりたかった。しかし心のどこかで、どうやら自分に何か特別な才能があることを発見された気がして、ちょっと悪くない気持になっている。

「とにかく私、このままの状態が続くとしたら、六年生までこの学校に通う自信はありません。先生がなんとかしてくれないって言うのなら、学校、辞めます。それができなかったら、自殺します」

「おいおい、そんな物騒なことを言うんじゃないよ。自殺なんかぜったいにするな。死んでしまったら、僕を取り調べる楽しみがなくなるぞ。お父さんが作るおいしいお豆腐も、大好きなお菓子も二度と食べられなくなるんだぞ。そういうことをよく考えてから、死ぬ計画ってのは立てるもんだ」

熊川先生が、ウチが豆腐屋だということを知っていたとは、知らなかった。お菓子が好きだということも、誰に聞いたのだろう。凜々子は驚いた。

「だいいちな。君が心配するほどみんなは君のことを悪く思っていないって。嘘だと思ったらみんなに聞いてごらん。そりゃまあ、少しはからかったかもしれないが、悪意はないって答えるに決まってるさ」

どこまでいい加減な教師なのだ。

「じゃあ、先生は、ぜんぜん反省していないんですか」

「なにを反省しなきゃいけないんだ?」

「だから、手紙と私の名前を公表したことです」

「そうだなあ。それほど悪いことだったとは思わないが。まあ、ここまで君を怒らせるとわかっていたら、公表しないほうがよかったかもしれないね。少なくとも、君と小林さんに迷惑をかけたのは事実らしいから、その件については謝る。お詫《わ》びの印に先生が責任を持って、後処理をしますよ。そういうことで、いいかな？」

いいのかどうか。凜々子には判断がつかない。でも、言いたいことはすべて言ったような気がする。

そのとき、始業のチャイムが鳴った。

「お、時間だ。さあ、そろそろ教室に戻りなさい」

熊川先生はまったく悪びれる様子もなく、凜々子の肩をポンポン叩《たた》いて談話室を出ると、「あんまり怒ってばかりいると皺《しわ》が増えるぞ」と言い残して職員室へ戻っていった。失礼な。私、まだ皺なんか一本もないもん。凜々子は熊川先生の背中に向かって目一杯にベロを出し、それからきびすを返して教室へ向かった。煙《けむ》にまかれた感はある。が、少しスッキリした。なぜかわからないが、少しだけ気分が軽くなった。とりあえず、透明人間は今日までにしよう。凜々子は決めた。

明日香が新聞を抱えて豆腐屋にやってきたのは、それから一週間ほどのちの日曜日の夕方だった。

「あ、明日香ちゃん……」

茶の間でドーナッツを食べながら「りぼん」を読んでいた凜々子は明日香を見ると、すぐに目をそらした。

「あら、明日香ちゃん。いらっしゃーい。ドーナッツ、食べてかない？」

台所にいた母親の芳子が出てきて、愛想良く明日香を手招きすると、

「この記事、この記事。ほら」

明日香が事務部屋の床に新聞を広げた。明日香が指さす小さな囲み記事に、御茶屋強盗殺人事件と書いてある。

「あら、これ、こないだの？」

芳子が近寄って、明日香の頭の上から首を突っ込んできた。

「あらっ、まあ……」

「これって、こごのすぐ近所ですよね。月島って、住所見で、わだし、びっくりしちゃったの」

「そうそう、橋渡ってすぐのとこにある御茶屋さん。そうだったねえ、あれは明日香ちゃんが転校してくる前の事件だったからねえ。やっと捕まったんだねえ。二十七歳、無職の男……だって」

「うん。よがったね。な、ハルちゃんも、よがったね」

なあにぃと、ちょうど駆け寄ってきた温子の頭をなでながら、明日香が言った。

「これで安心してお散歩いげるもんな。な、ハルちゃん」

「うん！」と温子が飛び跳ねながらいいお返事をした。温子はあの事件以来、朝の散歩を禁止されている。焼きたての玉子焼きも久しく食べていなかった。そのことを、温子は、ときどき遊びにくる明日香に訴えていた。

「こんど、明日香ちゃんと一緒にお散歩行きたい」

温子が明日香の膝《ひざ》に手を乗せて、甘えるように身体をくねらせた。

「いいべ。いいけど、わだす、早起ぎ苦手だがらな。おぎられねがもしれねな」

「ハルちゃんが起こしてあげるよ」

「んだが。ほんとだが？　約束だど」

温子と明日香がゆびきりげんまんの歌を歌いながら小指を絡め合わせた。

あの一件以来、凜々子は明日香の顔を真正面から見ることができない。凜々子には、無断で先生に手紙を書いたせいで明日香が気を悪くしたのではないかという負い目がある。が、明日香は逆に逞《たくま》しくなったように見える。凜々子が教室でからかわれているとすかさず飛んできて「あんだだぢ、くだらねごど言ってねで、あっちさいげ」と追っ払ってくれるし、自分の方言のことを嗤《わら》われても、「うるせーなー、おめがだは」とがっはがっはと笑いながら言い返す。弁慶《べんけい》みたいに豪快だ。いつからそんなに強くなっちゃったんだ。明日香に冗談めかして聞いてみたいが、凜々子の気持はまだそこまで回復していない。

「ほら、凜々子も見てごらんよ。犯人、捕まったんだって」芳子が新聞を指さした。

「犯人?」

「だがら、御茶屋強盗殺人事件の犯人」

明日香がつけ加える。

「無職の二十七歳の男で、本人の供述によれば、お金盗もうどして入ったら、おじいさんに見づがって騒がれだんで、持ってだ刃物で刺したらしいね」

「じゃ、おばあちゃんはどうして刺されたの?」

「おばあちゃんも騒いだみだいだよ。でも、おばあちゃんは死んでねべ」

「まだ入院してるって噂だねえ。でもあの御茶屋さんはもう閉めちゃうんだろうねえ。だってあんな事件のあとじゃ、商売はやりにくいでしょう。まだ雨戸閉めたっきりだし」

「んだすな。ひっどいなあ。その強盗のおがげで生ぎ残った家族だぢも一生、ひどい目に遭うんだな」

「そうなのよ。ご葬儀に行ったけど、嫁いだ娘さんが泣き崩れててね。可哀想だった。昔から仲のいい親子だったからねえ」

明日香と母親のやりとりを黙って聞いていた凜々子は、質問した。

「その犯人、当然、死刑なんでしょ」

「いや、まだ裁判やらねば決まらねべ」

「裁判やらなくたって決まりだよ。だっておじいちゃん殺して、御茶屋さんつぶしちゃったんだよ。そりゃ死刑だよ」

凛々子は憤慨した。最近、ささいなことでもすぐにカチンとくる。御茶屋事件の理不尽は、自分に降りかかった理不尽にも通じるような気がした。

「んでも、計画的な殺人じゃねかぎり、あんまり死刑ってごどにはならねケースが多いよ」

明日香がさらりとそう言った。芳子が驚いて明日香の顔をまじまじと見つめた。

「なんで、そんなこと、知ってんの、明日香ちゃん」

「わがらねけど、ずっと新聞読んでれば、今までの事件は、だいたい、そんな感じだったがなって思っただげでな」

「明日香ちゃんは偉いねえ。昔っから新聞、読んでるの？　ウチなんて誰も新聞、ろくに読まないよ。お父さんもバアバもあたしも。まあ、朝からずっと忙しいから、読む暇がないんだけどねえ」

芳子がすっかり明日香に感心して喋《しゃべ》り続けているところに割り込んだ。

「なんで？　なんでなの？」

凜々子が明日香を追及する。

「なんでって聞がれでも困るけど、新聞っでおもしろいべ……」

「死刑にしないって、誰が決めるのよ」

「あー、それは、裁判所で検事と犯人側の弁護士が闘って、それを裁判長が見でで、最後に決めるんでねの？」

「検事？」

その言葉に凜々子は反応した。弁護士は犯人を守る人。検事は犯人を取り調べて罰を与える人……。

「竹村さんが犯人の取り調べをしたら、抜群にうまいだろうなあ」

熊川先生の言葉が蘇《よみがえ》る。よし、なってやろうじゃないか。検事になって、あのおんぼろ熊を徹底的に叩き直してやる。

「おい、ニュースだ、ニュースだぞ」

勝手口から父親の浩市が駆け込んできた。浩市は早朝から町内会のゴルフコンペに出かけて留守だった。

「あら、早かったですね」芳子が言った。

「お前、もう少し静かに帰ってこられないのかねえ。ちょっと騒々しいよ」

それまで茶の間の奥の座椅子で居眠りをしていた祖母の菊江が目を覚ました。

「あの御茶屋事件の犯人がさ、どうなったと思う?」

浩市は得意げだ。

「捕まったんでしょ。二十七歳、無職」

芳子が即座に答えた。

「なんだ、知ってんだ、つまらねえな。ゴルフしてる間ずっと、その話で持ちきりでさ。しかし、そいつ、ぜったい死刑だろうな」

「違うよ。死刑にはならないね」

今度は凜々子が答えた。

「なんでだよ」浩市が不満そうに口をゆがめる。

「だって、そういう理不尽な世の中だからさ」

凜々子はそれだけ言って、階段を上がった。

第二章　夜明けの家族会議

日比谷《ひびや》交差点を背にして皇居のお堀沿いに延びる内堀《うちぼり》通りを半蔵門《はんぞうもん》方面へ向かい、桜田門《さくらだもん》に近づく頃、左手にひときわ威風堂々たる赤煉瓦《あかれんが》造りの建物が見えてくる。明治十九年、時の政府がわざわざドイツから名だたる建築家ヘルマン・エンデとヴィルヘルム・ベックマンを招聘《しょうへい》し、近代国家への体制作りを図って建てさせた司法省（現法務省）の庁舎である。着工明治二十一年、その後七年の歳月を経て竣工《しゅんこう》した地上三階建て（当時）のこの建物は、ドイツのネオ・バロック様式の構えを呈している。関東大震災にもびくともしなかった赤煉瓦庁舎は、その後の東京大空襲により甚大な被害を受け、壁面と床を除くすべてを焼失したが、戦後の改修工事、さらに平成の修復によって創建当時の外観を蘇《よみがえ》らせた。法務省旧本館、通称「霞《かすみ》が関《せき》の赤れんが棟」は、無愛想な建造物の建ち並ぶ官庁街の中で、唯一、瀟洒《しょうしゃ》な華やぎを放っているかに思われた。

その赤れんが棟の正門前に、竹村凛々子《たけむらりりこ》は立つ。

「じゃ、撮りますよお。はい、チーズ」

サラリーマン風の若い男の合図に従って、黒やグレーのスーツを着た三人娘は赤煉瓦を背に身体を寄せ合い、カメラに向かってニッコリ微笑みかけた。十二月の末にしては穏やかな陽気である。せっかくの記念撮影だからとコートを脱いでカメラの前に立ってみたが、日差しがあるとはいえさすがに風は冷たく、朋美《ともみ》のかざしたVサインの手の先が細かく震えた。

新任検事辞令交付式で知り合い、仲良くなった朋美と順子《じゅんこ》とともに凛々子はここへ来た。式自体はこの裏に建つ法務省本館の講堂で行われ、そのあと検事総長と法務大臣も交えた新任検事七十五人（そのうち女性がほぼ三分の一の二十四人）全員での記念写真も法務省の中庭で撮影された。が、昼前から開かれる予定の懇親昼食会まで、いったん解散を命じられる。そのとき、地元高知のテレビ局を辞めて司法試験を受けたという、三人のなかではいちばん年上の笹原《ささはら》順子が二人に声をかけた。本当は二十代のうちに検事になるってまわりに宣言してたんだけど、とうとう三十路《みそじ》になっちゃったのよと、知り合ったとたんに自らの歳を告白した順子は、いちばん年上なのにいちばんスカート丈が短い。しかもコートはカーキ色のダッフルだ。服のセンスはイマイチだが、人なつこさが丸い顔のそこここににじみ出ている。

「ねえ、赤煉瓦の前で写真撮ってこない？　私、ずっと憧《あこが》れてたんだ。晴れて検事になったらあの建物の正門前で写真撮るって」

順子の誘いに反応したのは、浦和《うらわ》在住で早稲田《わせだ》大学出身という柴口《しばぐち》朋美である。

「あ、私もですぅ。ね、竹村さんも行こ」

朋美が大きな黒目をクリクリさせながら凜々子のスーツの袖《そで》を引っ張った。

「関係ないけど、竹村さんの髪の毛ってきれいねえ。なんかシャンプーのコマーシャルに出てくるヘアモデルみたい」

朋美は凜々子の一つ歳上で二十六歳だという。キューピーのような癖毛ショートヘアの朋美は凜々子のストレートヘアがうらやましいのか、何度も手を伸ばして触ろうとする。

「えー、私、柴口さんみたいなショートヘアのほうがうらやましい。いいな、お洒落《しゃれ》で」

すかさず凜々子が褒め返す。嘘ではない。本心ではあるけれど、本気とも言えない。ファッションや容姿を反射的に褒め合うのは、初対面女子の常套《じょうとう》である。

東京で生まれ育った凜々子とて、この赤れんが棟の存在は小さい頃からなんとなく知っていた。夜、ライトアップされているのを父親が運転する車から見たこともある。きれいな建物だとは思っていたが、なんの建物であるかはわかっていなかった。まして近くを歩いて通りかかったことなど一度もない。

「なんか、迎賓館《げいひんかん》みたいですね」

白い飾り門に駆け寄って朋美が敷地内を見渡した。

「っていうか、むしろ東京駅に似てない？」

デジタルカメラの電源ボタンを押しながら順子が反論する。

「ホント。同じ赤煉瓦造りですもんね。ミニ東京駅って感じ？」

凜々子は順子の言葉に準じた。

「ミニ東京駅ねえ。ここって中に入れるのかな」

朋美がひとり言のように呟《つぶや》いたら、

「入れるみたい、一般の人も。法務史料展示室というのがあるって、ここに書いてあるわよ。十時開館……。まだ三十分近くある」

門の脇に立てかけられた案内板を読みながら、順子が答えた。

「でも、中はいいわよ。どうせこれから新任検事研修でいやってほど通うことになるんだから」

「あ、そうなんですか」と、朋美が先刻配布されたパンフレットを黒いブリーフケースから取り出して、今後の日程を見直そうとした。

「いいからいいから。とにかく写真撮ろ。一人ずつ順番に撮る？　それともツーショットにする？」

「知ってました？」と朋美が書類を鞄《かばん》に戻しながら凜々子に問いかけた。

「ん？」

「赤煉瓦で研修があるってこと」

「いやあ……」凜々子が軽く首を傾げる。

「ほら、二人とも早く並んで」

順子にせき立てられたので、凜々子は逆に順子のそばに近づいていった。

「それってタイマーついてないんですか？」

「ついてると思うけど。でもカメラ置くとこがないでしょう」

「えー、なんとか置けないですかね」

あたりを見回したり、カメラを操作したり、三人がわさわさと騒いでいるところに、

「撮りましょうか？」

サラリーマンが近寄ってきたのである。

「あ、すいませーん。助かります」

「きゃ、うれっしい。ありがとうございます」

凜々子たちは急いで門の前に並び、風に逆立つ髪の毛を手で押さえながら笑顔を作った。

このサラリーマンは私たちのことをなんと思っているだろう。凜々子はカメラを持ってこちらに笑いかけている案外にイケメンな男の顔を見つめた。学校の入学式にしては季節が悪い。この地味なスーツ姿ではさすがに観光客には見えないだろう。専門学校の卒業生か、あるいは官庁街見学ツアーの学生あたりだと思っているかもしれない。しかし、まさか我々が新任の検事だとはわかっていないだろうな。凜々子は先刻、スーツの衿《えり》につけたばかりの検事バッジを手でさすって確認した。

「秋霜烈日。皆さんはこの言葉を知っていますか。秋の冷たい霜や夏の激しい日差しのように厳しい状態のことをあらわす言葉ですが、往々にして検事の戒めに使われます。検事は刑罰や志操に極めて厳しく、かつ厳かにあれ、ということですね。もともとは、真ん中の赤い丸が旭日《きょくじつ》、そのまわりの四方に広がった白い花びらのようなところが菊の花弁で、その後ろの金色の部分が菊の葉っぱを模したデザインだと言われていますが、いっぽうで秋霜烈日になぞらえて赤が烈日、白を秋霜だという解釈もされております。はい、ちょっとバッジを裏返してください。そこに皆さん一人一人、固有の番号が彫られています。小さいけど、見えますか。その番号が、あなたが検事であることの証《あかし》となります。くれぐれもなくさないように。なくしたらどうするか？始末書を書くことになりますね、はい。では今日から皆さんはこのバッジを胸につけて、秋霜烈日の精神を忘れずに、しっかり職務に励んでください」

式のあと、各班に分かれた部室で一人一人にバッジを手渡されたのち、教官からレクチャーを受けた。凜々子の番号はP438である。

よし、立派な検事になってみせる。日本国民の平穏な生活を守るため、法と証拠に基づいて事件を公正に取り調べ、安心して暮らせる日本を必ずや私たちの手で作り出してみせる。

「じゃ、撮りますよぉ。はい、チーズ」

凜々子が秋霜烈日バッジから顔をあげ、カメラのほうに向き直った瞬間、カシャというデジタル音がした。

「なに見てんだ？」

昼休み、凜々子が自分のデスクに戻って大判の手帳を広げ、そこに挟まれた一枚の写真を取り出してぼおっと眺めていたら、肩越しに太い声が響いた。凜々子は振り返り、先輩検事の大越高雄《おおこしたかお》の顔を見る。

「あ、大越さん。これ、辞令交付式のときに撮った写真なんです。なんかもうずっと昔のことみたいで」

凜々子は持っていた写真の表面をスーツの袖で軽く拭《ふ》いてから、大越に差し出した。

「ほお、まだ初々しい顔してるな。この右端が君？」

「そうです」

「隣は？」

「笹原順子さん。大阪地検に配属になりました。左端は柴口朋美さん。今、千葉地検にいます」

「ふんふん。しかし何年前の写真だ、これ」

「何年前って、今年の四月に埼玉に来て五ヶ月ですよ、私。研修期間の三ヶ月を足して……、まだ八ヶ月前のことなんですけど」

「そうか、まだ任官してたった半年ちょっとか」

「はい……」

凜々子は頷《うなず》いてから、

「あの、私、もう初々しくないですか」

かすかにうらめしそうな顔で大越の顔を見上げた。すると大越はゴリラのような大きな鼻の穴をさらに大きく広げて息を吐き出すと、

「じゅうぶんに初々しいよ。そろそろ初々しくなくなってもらわなきゃ困るんだけどねえ。ちょっと、部長室」

大越は写真を突き返すと、首を横に動かして、凜々子に来いと合図をした。

「部長室？　交通部の部長室ですか？　私なにか？」

凛々子が質問しても大越は返事をせず、ズボンのポケットに両手を突っ込んだまま、デスクの間をガニ股《また》歩きでどんどん歩いていく。しかたなく凛々子はノート代わりにしている手帳を持ってそのあとをついて行った。

大越高雄はさいたま地方検察庁交通部に所属している十二期上の検事で、正確な年齢は知らないが、おそらく四十歳は超えているだろう。凛々子はここさいたま地検に来て、刑事部と交通部を併任させられて以来、大越の指導を受けている。初めて大越に会ったときは、その岩山のような、身体バランスを考えても明らかに大きすぎる顔を見て怖そうな人だと思ったが、仕事をするうちに、少なくとも意地悪な性格ではなさそうだとわかり、以来、凛々子はこの先輩に好感を抱いている。それに比べると、刑事部の指導検事はイヤミな男だ。色白のもやしのような情けない顔なのに、エリート根性むき出しで、常に相手の目を見ようとせずに話をする。しかも極度の早口で専門用語ばかり使って小声でまくしたてるから、何を言っているのかさっぱりわからない。そいつのレクを受けたあとは同期仲間がこそこそ廊下の端に集まって、互いに理解できた部分を提供し合ってなんとか全体の意味をつかむようにしたぐらいである。まるで暗号解読だった。無責任で投げやりなそいつの態度には、後輩検事を育てようという愛も誠意もまったく感じられない。もし自分が大麻所持容疑で捕まっても、こんなヤツに取り調べをされたらぜったいに自白する気にはならないだろうと凛々子は思った。

凜々子たちの期の新任検事は任官後、三月末までの約三ヶ月間、浦安《うらやす》の研修所と赤れんが棟を行き来して研修を受け、四月一日付で東京地検以外の大規模都市にある地検に振り分けられ、それぞれの配属先で捜査と公判の仕事を半年ずつ受け持つ。こうして少しずつ実戦経験を積みながら、一年後には検事の仕事の全体像を把握できるしくみになっている。季節はすでに夏の盛りを迎えていた。

「なるほど、なるほど」

交通部長の佐々木善治郎《ささきぜんじろう》が手元の資料を読みながら、低く唸《うな》った。

「部長、座っていいすか」

部長の机の前に凜々子と並んで立っていた大越が後ろのソファを振り返った。

「あ、どうぞどうぞ」

佐々木部長は片手を挙げて、二人に座るよう促した。

「お、部長ったら、また新しいクラブ、買ったんですか。こないだ買い替えたばかりでしょうが」

大越がソファの後ろに立てかけられたドライバーを目ざとく見つけ、両手で握ってスイングの構えをして見せた。

「違うよぉ。それ、息子に頼まれてさ。中古屋で俺が前、使ってたクラブと交換してもらったんだよ。俺んじゃないのよ」

「怪しいなあ。息子のだって言いながら、どうせ自分が使うくせに。お、軽いっすね」

「ね、軽いでしょ。飛ぶよ、それ」

「ほら、やっぱ使ってんじゃない」

ゴルフをしたことのない凜々子は二人の笑いに合わせて、とりあえず微笑んでおいた。が、結局、なんの用事でここに呼び出されたのだろう。凜々子の内心を見抜いたのか、やおら大越がクラブを杖《つえ》がわりにして佐々木部長のそばへ歩み寄ると、

「で、どうします？」

部長に詰め寄った。

「ああ、そうだったね。じゃね、竹村さんね。この死亡事故、担当してもらいますよ」

大越に対するへらへらした顔が一変し、佐々木の目が鋭く光った。手には分厚いファイルがある。

「死亡事故……ですか？」

凜々子は恐る恐るソファから立ち上がった。

「なんだ、自信ないのか。取り調べの経験はもうかなりしているじゃないか」

「ま、してはいますが……」

しかし、今まで凜々子が行った取り調べは、いずれもさして難しいものではなかっ

た。それでも凜々子にとって初めての取り調べでは緊張しまくった。被疑者が部屋に入って来るまで緊張のあまり、昼に食べたサンドイッチが口から出てくるのではないかと思うほど、胃がキリキリ痛んだ。

二十代そこそこの被疑者は自宅に大麻を所持した罪で逮捕され、すでに警察で犯行を認めていた。証拠も十分に揃っていたせいか、警察で厳しく絞り上げられた効果か、取調室に入ってきたときの被疑者はすっかりしょげかえり、凜々子が供述調書を一つずつ確認すると、どの質問にも抵抗を示すことなく素直に認め、最後には、凜々子に向かって申し訳ありませんでしたと言って泣き崩れた。その若者は初犯だった。もう二度と、こんなバカなことはしないでくださいね。二度目からはもっと罪が重くなりますよ。凜々子は若者に、自分の緊張を見破られないようできるかぎり感情を抑えた声で申し伝え、部屋から送り出した。

新任検事といえども取り調べをするときに、先輩検事が同席することは一切ない。そのかわり、必ず事務官が立ち会うことになっている。新任に限らず、検事と事務官がコンビを組んで事件捜査を進めるのが取り調べの通例である。もちろん検事が新米の場合には横にベテランの事務官が配置されるし、反対に事務官が新人のときはベテランの検事と組むよう配慮される。この事務官のことを通称「立ち会い」と呼ぶ。検事と立ち会いの関係は事件を捜査する上で重要なポイントとなりうるのだ。互いに助け合い、協力し合って公正な捜査をすることが求められる。たとえば凜々子のような新任検事が取り調べ中に被疑者から十分に話を引き出せなかったり、被疑者に攻撃的な態度を取られて動揺しかかっていたりしても、そばで黙って傍観している立ち会いが、被疑者に気づかれないよう援護の手を差し伸べる。それぞれのデスクの上に置かれたパソコンには同じ画面が映し出されているので、助言を打ち込んで検事に伝えることができる。凜々子の初取り調べのときも、斜め横に座る立ち会いの木村秀樹《きむらひでき》事務官が、「共犯者がいないかどうかの再確認を」とか「携帯メールに残っていた文面のことに触れて」とか、凜々子が聞き損なった質問を敏速かつ簡潔に打ち込んでフォローしてくれた。だから凜々子もなんとか乗り切ることができたのだ。

大麻所持容疑のかかった被疑者が部屋を出て行った直後、凜々子は即座に白髪頭の木村事務官の顔を見た。木村は表情を変えることなく、黙ったまま両手をかかげてマル印を作った。そのサインを見てようやく、全身の力が抜け、笑いながらじんわり涙が溢《あふ》れてきたことを凜々子は忘れられない。

まるで補助輪をつけて自転車の乗り方を覚えようとしている子供のようだ。こうやって検事は育てられていくんだな。事務官の存在がどれほど大きなものか、凜々子は初日に身をもって実感した。しかし、いくら立ち会いの助けがあるとしても、いつもうまくいくという保証はない。しかも、いくら木村さんが頼りになると思っても、立ち会いを毎回木村さんにしてくれなどと凜々子の立場で指名できるわけはない。

次なる案件は、どうやら死亡者の出ている交通事故らしい。凜々子は佐々木部長から手渡されたファイルをその場で広げ、ざっと目を通した。二十三歳の男の運転する車が横断歩道を渡っていた老人を撥《は》ね、老人は病院に運ばれたが内臓破裂で二時間後に死亡。老人の妻が事故現場にいて、詳細な証言もあるようだ。赤い血痕《けっこん》の広がった横断歩道の写真や、フロントのへこんだ乗用車の写真も添付されている。もう一ページめくると、もしかして血だらけの被害者の写真も出てくるのかと思うと、ちょっとばかり怖くなり、凜々子の手が止まった。

「これを、私が担当できるんでしょうか……」

凜々子はファイルをいったん閉じ、不安な目つきで佐々木部長の顔を見上げた。

「バッジつけてんだろ。バッジつけてる以上は一人前だ。やらなくてどうする」

佐々木部長は凜々子の表情を眼鏡の上から値踏みするように渋い顔で睨《にら》むと、そう言った。

「はい……」

凜々子は部長の厳しい視線から目をそらし、うつむいた。うつむいて、考えた。不安であるのは事実だ。しかし、わざわざ部長室に呼び出され、この事件を担当しろと言い渡されたということは、もしかして、自分が同期の中から選ばれたのかもしれない。これまでの仕事ぶりが買われたのだろうか。いやいや、驕《おご》ってはいけない。でもチャンスだ。よし、受けて立とうじゃないの。びびっている場合ではない。凛々子は改めて背筋を伸ばすと、

「わかりました。頑張ります」

「よろしく頼む。おい、大越先輩。あとの細かい説明は君に任せるからさ。うまく指導してやってちょーだい」

佐々木部長は再びおどけた顔に戻って声を裏返し、財津《ざいつ》一郎《いちろう》の真似をしてみせた。それがもの真似とわかったのは、自分の父親が同じことをよくやるからである。オジサンという動物はよほど財津一郎が好きらしい。凛々子は吹き出しそうになるのを何とか耐えた。しかし大越検事は言われ慣れているのか、聞こえなかったことにしたいのか、しごく淡々と、ゴルフクラブを壁に立てかけた。

「うっす。じゃ、竹村さん、あっちに行って、ちょっとお茶でも飲みますか」

「ちょっとお姉ちゃん、さっきからなにモソモソ言ってるのよ。うるさくて寝られないよお」

ベッドから妹の温子が文句をつけてきた。家が狭いので、二十五歳と二十歳になる凛々子と温子姉妹は、いまだに子供の頃と同じ八畳の畳部屋を共有し、二段ベッドの

上下で寝ている。身長百五十七センチの凜々子にさしたる不自由はないけれど、凜々子より十センチ近く背の伸びた温子はいつもベッドから足をはみ出させて寝ている。凜々子が司法試験の勉強をしていたうちの一年間だけは、祖母の菊江の寝室を勉強部屋として使うことが許され、その時期だけ菊江に博多《はかた》の親戚《しんせき》の家で生活してもらっていたが、凜々子が司法試験に受かってまもなく菊江が帰ってきて、凜々子も二階の子供部屋に戻された。

「モソモソ？　モソモソなんて、言ってないよ。扇風機の音でしょ」

凜々子は机に向かったまま反論する。

「違うよ。言ってるってば。もしかして自分で気づいてないの？　大丈夫、お姉ちゃん？」

「うー」

凜々子は上の空の返事をする。

「もう……。あたし、お姉ちゃんと生きてる時間帯がぜんぜん違うんだからね。少しは人のことも考えてよね」

温子がどさっと寝床に倒れ込む音がした。

温子は高校を卒業後、親の反対を押し切って父親の家業を継いだ。女に豆腐屋は無理だ。あんなに年中冷えるところで仕事をしたら身体を壊すに決まってる。子供も産めなくなるぞ。やめとけ。さんざん反対していたくせに、温子が白い上っ張りを着て作業場に出るようになったら、浩市は存外、うれしそうだ。親孝行なお嬢さん持って、浩ちゃん、幸せだねえと、豆腐を買いに来たお客さんや近所の幼なじみにからかわれるたび、お父さんはニマニマを堪《こら》えるのに必死だよと、母の芳子が笑って話していた。身体の心配を除けば両親が喜ぶのは当然だ。特に浩市は、子供が二人とも女だったからと、その時点で、親から受け継いだ豆腐屋は自分限りと見切りをつけていた。そこへ温子が継ぐと言い出したのだから、うれしくないわけはない。

しかし、凜々子には理解できなかった。親子であるというだけで面倒なのに、あえて師匠と弟子の関係になって毎日顔を突き合わせるなんて、そんな人生の選択をする妹の気持がわからない。

「どうして継ぐ気になったの？」

あるとき凜々子が妹に訊ねると、

「一、豆腐つくるの、けっこう好きだから。二、早起きは苦にならない。三、大学受験が面倒。四、転勤がない。五、設備投資の必要がない」

きっぱり返答された。それはもう鮮やかに。「じゃ、なんでお姉ちゃんは検事になったのよ」と温子に問い返され、温子ほどみごとな答えを用意していなかった凜々子は、「まあ、取り調べってのに興味があったからかな」と適当に言葉を濁す。すると

温子は即座に、

「ぜんっぜん、興味ない、あたし」

これまたきっぱり否定した。

実の姉妹でも性格が違うものである。追及されると凜々子自身、自分の選んだ道が正しかったかどうか、心許《こころもと》なくなる。「取り調べに興味がある」と豪語してみたものの、実際に本当の被疑者を取り調べる場面に出くわすと、興味だけではすまされないことが日を追うにつれてわかってくる。

どうして検事になんかなったのだろう……。凜々子は机に肘《ひじ》をつき、改めて考えた。思い返せばことの発端は、熊川先生の一言にある。小学五年生の担任だった熊川茂に、あんなことを言われなかったら、凜々子は検事などという職業に興味を持つこともなかっただろう。

「竹村さんが犯人の取り調べをしたら、抜群にうまいだろうなあ」

あの言葉で凜々子は検事を目指す気になったのだ。凜々子はもともと正義感が強かった。子供の頃から理不尽なことを見つけると、黙って見過ごすことができないタチだった。そのせいで友達や家族とぶつかることがなかったわけではない。自分でも嫌になるほどムキになり、融通の利かないところがある。もっとおっとりとした性格になれないものかねえ。両親にもよく言われた。だから直そうと努力したこともある。

でも、直らなかった。こんな性格の自分が嫌いだ。もう一度、赤ちゃんからやり直すことはできないのだろうか。そう思い悩んでいたとき、熊川の言葉に出会ったのである。熊川のことは決して好きではなかったはずなのに、なぜかあの一言に救われた気がした。そうか、もしかして、この性格を活《い》かせる場所があるのかもしれない。

そう思ったのが間違いの元だった……。

凜々子は再び現実に思考を戻し、書類に目を落とした。

会社から――凜々子たち検事は地検のことを会社と呼んでいた――今度の事件のファイルのコピーをこっそり自宅に持ち帰り、ここ数日は夜遅くまで、警察が作成した供述調書や実況見分調書に目を通し、頭にたたき込もうとしていた。司法試験の勉強をしている頃のことを思えば、すべて暗記するのも不可能ではない。本番の初日はいよいよ明日《あした》である。明日、被疑者と初対面をする。凜々子は六法全書を丸暗記したときと同じ要領で、一文ずつを低い声で繰り返し暗唱した。

事故は三ヶ月前の平成二十年五月十三日、早朝六時二十六分頃に起きた。被疑者の名は勝村弘《かつむらひろし》。事故当時の年齢二十三歳。大手パソコンソフト会社、アイクソフトの新入社員であった。被疑者勝村はその朝、七時までに会社に行かなければならなかったが、前夜も残業で徹夜に近い状態だったので、つい寝坊した。慌てて支度をしたが、電車では間に合わないことに気づき、父親の車を借りて出社することにした。そしてさいたま市大宮《おおみや》区上町《かみちょう》三丁目の交差点を右折しようとしたとき、進行方向の朝日がまぶしくて目の前がまっ白になった。しかし気が急《せ》いていたのでそのまま加速したところ、ドンという衝撃を受け、なにかに当たったと思い、慌ててブレーキを踏んだ。勝村が車を止めて車外へ降りると、自車の前に被害者の佐《さ》藤《とう》忠徳《ただのり》（事故当時七十六歳）が倒れており、そばに被害者の妻フネ（事故当時七十一歳）が被害者の身体に重なるように座り込んでいた。勝村が被害者に駆け寄って様子を見たが意識はなく、頭から大量の出血をしていた。勝村は携帯電話で救急車を呼び、続いて警察を呼んだ。フネが被害者にすがり「おじいちゃん、おじいちゃん」と泣き叫んでいたので、勝村も動揺し、すぐにはフネに声をかけることができなかった。

凛々子の頭にふと、昔の記憶が蘇《よみがえ》った。家の近所の顔見知りの御茶屋さんが強盗に入られて、抵抗したせいでおじいちゃんが強盗にナイフで刺されて死んだ事件のことである。まもなく犯人は捕まって一件落着したけれど、結局、犯人に科されたのは、無期懲役。死刑ではなかったはずである。あれから十五年の歳月が経っている。犯人は刑務所のなかでどうしているだろう。自分の犯した罪についてどう思っているのだろう。あの事件で怪我をしたおばあちゃんは病院を退院し、一人娘の家に引き取られたところまでは町の噂で聞いたけれど、その後の消息は届かない。悲しく恐ろしい思いを抱えたまま、どんなふうに老後を暮らしているのだろう。子供の頃、温子と一緒に遊びにいくと、よく抹茶ミルクを作ってくれたのを思い出す。優しいおばあちゃんだった。

今回の事故で被疑者は最初から被害者を殺そうと思っていたわけではないだろう。しかし、大切な人の命を目の前で奪われたおばあちゃんにとって、その悲しみとショックの大きさは御茶屋のおばあちゃんと変わらないはずだ。お手洗いから戻ってベッドに潜り込もうとしている温子を、凜々子は呼び止めた。

「ねえ、覚えてる？」

「え？　なにを？　もうお姉ちゃんのせいですっかり目が覚めちゃったよ。明日の朝、起きられなかったらお姉ちゃんのせいだからね」

「ハルちゃんが五歳のときにさ、御茶屋さんのおじいちゃんが強盗に襲われた事件のこと」

「ああ……。あんまりよく覚えてないけど。なんか、お姉ちゃんにものすごく怒られたのは記憶にあるよ。ぜったい散歩に行っちゃダメとか怒鳴られてさ」

「だって心配だったもん。ハルちゃん、その事件の朝も、その御茶屋に行ってたんだよ。覚えてないの？」

「そうだっけ」

温子は扇風機の真上に立ち、パジャマの上着を風船のように膨らませて、凜々子の横に顔を突っ込んできた。

「なんなの、その書類」

「これ？　明日から私が取り調べなきゃいけない事件の資料」

そのとき凜々子はひらめいた。

「そうだ、ちょっと協力してよ」

「なに、協力って、なにすんの？」

「取り調べのシミュレーション。私が検事としていろいろ質問するから。ハルちゃんは、被疑者になったつもりで、答えてみて」

「被疑者ってなによ」

「事件を起こした疑いのある人。っていうか、今回のケースは実際、事故を起こしたんだけどね」

「事故って、なにやらかしたの、その人。男？　女？」

「若い男。新入社員なんだけど、車でおじいさんを撥《は》ねて死亡させちゃったの」

「ムゴーイ。もうその人が撥ねたってことははっきりしてるの？」

「してるけど」

「ちょっとグレてみたりしてもいいわけ？　容疑を否認する、とか」

「いいよ、できるだけ検事を困らせてくれるとありがたいな」

「よっしゃ。任せて」

温子が乗ってきた。足を崩し、畳の上にあぐらをかいた。すっかりその気だ。

「では、まず人定確認をいたします」

凛々子は温子に向き直り、真面目な顔になった。

「人定確認ってなにさ。よう、検事さん」

温子の声が不良化している。

「名前、生年月日、住所を言ってください」

「えーと、竹村温夫《はるお》。一九八八年一月十三日生まれ。住所は東京都中央区勝《かち》どき七の四の一」

「では、これから取り調べを始めます。ちなみにあなたには、言いたくないことは言わなくてよいという、黙秘権という権利があります」

「え、そうなの?」と温子が驚く。「じゃ、なんにも答えない人が来ちゃったら、どうすんの?」

「そういう人に答えさせるよう仕向けるのが検事の仕事なの」

「やだね、俺。なんも答えねえぜ」

温子がますますやさぐれてきた。

「では確認します。まずあなたが平成二十年五月十三日、朝六時二十六分、自ら運転する車でさいたま市大宮区上町三丁目の交差点を右折しようとして、横断歩道を渡っていた佐藤忠徳さんと妻のフネさんに突っ込んで、佐藤忠徳さんを撥ねたことは事実ですか」

「知らねーよ」

「運転していたのは事実ですか」

「どうだかね」

「そのときあなたは会社に向かっていたのですか」

「余計なお世話だ」

「いつもは電車で会社に行くのに、どうしてその日は車で出かけたのですか」

「どうしても」

「ちょっとハルちゃんさ、もう少し話が広がるように答えてくれないと、取り調べが進まないよ」

「だってお姉ちゃん、答えたくないことには答えなくていいって言ったじゃん」

「そりゃそうだけど。明日の取り調べはそこまでチンピラ相手じゃないんだからさ」

「答えない犯人に答えさせるのが検事の仕事だって、お姉ちゃん言ったじゃん」

「そりゃそうだけどさ」

「おい、いつまで起きてるんだ。温子、いい加減に寝ろよ」

首に巻いたタオルで汗を拭《ふ》きながら、父親の浩市が部屋に入ってきた。

「寝ようと思ってたのにお姉ちゃんが取り調べのシミュレーションするから手伝えって言うんだもん」

「なんだ、取り調べのシミネーションじゃないの。シミュレーション。予行演習みたいなもんよ」

「シミネーションってのは」

「ほほお。検事の取り調べの練習か。俺も、ちょっと、やりたい」

父親の浩市が畳に座り込んだ。

「じゃ、お父ちゃんと交代。あたしはベッドから見学しよっと」

温子が早々に引き下がったので、凜々子はしかたなく父親に説明を始めた。まず、交通事故を起こして老人を撥ねて死亡させた二十三歳の男の役だと説明し、温子に教えたのと同じ注意事項を伝える。

「よし、わかった。来い！」

浩市も、あぐらをかいて、顔を般若《はんにゃ》のようにゆがめた。

「別にやくざの取り調べするわけじゃないんだから、そんな顔しなくてもいいよ、父さん」

「そうか」

浩市の顔から皺《しわ》が消える。

「で、先程の続きですが、あなたは被害者の佐藤忠徳さんを撥ねたとわかった直後、まず何をしましたか」

「だって俺、撥ねてねえもん」

「証拠があります」

「撥ねたのはさ、隣にいた車だよ。で、俺は大変だってんで、すぐに車を止めてさ。おじいさんを助けようとしたんだ。そしたら撥ねた車が逃げていきやがんの。ひでえよな。俺は助けようと思っただけなのにさ。冤罪《えんざい》だよ。おい、検事さん、ちゃんと調べ直してくれよ」

「うまいうまい。お父ちゃん、うまいねえ」

後ろで温子が手を叩《たた》いた。凜々子は持っていたボールペンを手から落とし、天井を見つめた。

「ん？　どうだい」

浩市は得意そうに凜々子に微笑みかける。

「うーん、たしかに父さん、上手なんだけど。まだ私、冤罪とか、そういう難しい問題はやったことないからさ……」

「やったことなくたって、いずれやんなきゃならねえんだろ？　だったら早めに練習しといたほうがいいぞ、お前」

「そりゃそうだけど。とにかくありがと。あとは自分で予習するから」

「え、これで終わり？　これから面白くなるとこなのに」浩市が拍子抜けした顔で首を突き出した。

「また今度、お願いするよ。だって父さんもハルちゃんも、もう寝なきゃ」

「なあーに言ってんだか。今まで寝かせてくれなかったくせに」

温子も横やりを入れた。

「ま、そうだな。じゃ、次回も面白い事件、見繕ってこいよ。もっとさ、ドロドロした、なんかこう、愛憎渦巻くようなさ。楽しみにしてるよ。じゃ、俺は寝るぞ。おい、温子も早く寝なさい」

「はあい」

「凜々子もいい加減にして、寝なさい。じゅうぶん練習したから、なんとかなるさ」

「はあい」

浩市が部屋を出て行き、温子は自分のベッドに仰向《あおむ》けになって、手元のスタンドを消した。

「ありがと。おやすみなさーい」

凜々子は二人に声をかけ、自分の前の灯りだけが煌々《こうこう》と灯《とも》る机に向き直り、ふたたび資料に目を落とした。

たしかに父親の言う通り、明日《あした》の被疑者が『自分は撥ねてない』と言い出す可能性はある。そしてそれが嘘か真実か、簡単には決められない事態となる怖れも、皆無とは言えない。事故とはいえ、人一人を死亡させたら誰だって怖くなるだろう。恐怖のあまり、なんとかその罪から逃れたくなるだろう。黙秘権を使われたらどうしよう。まだ黙秘権を行使した被疑者には会ったことがない。明日、取り調べが始まる前に、大越さんにそうなったときの対処法を聞いておこう。とにかく初日が肝心だ。絶対に迷ったり動揺したりする様子を見せてはならない。徹底的に強気で通すぞ。凜々子はだんだん興奮し、目が冴《さ》えてきた。


「受付ですが、十時にお約束の勝村さんとお連れの方が到着されました。そちらの302号室にご案内してよろしいでしょうか」

「はい。お願いします」

凜々子は内線電話の受話器を置いた。お連れの方？　被疑者は一人のはずである。勾留《こうりゅう》されていない在宅の被疑者が警察官に伴われることは、まずない。もう一人は誰なのか。凜々子は考えながら、鞄《かばん》から茶色い飾りのついたヘアゴムを出し、長い髪の毛を後ろで束ねた。昔から勉強したり仕事をしたりするときはその髪型のほうが落ち着く。

まもなくノックの音がした。

「はい、どうぞ」

入ってきたのは濃紺のスーツに身を包んだ背の高い若者と、若者よりだいぶ小柄で地味なグレーのジャケットを着た白髪まじりの男だった。二人とも頬骨の張った精悍《せいかん》な顔立ちだが、目は不安に満ちている。若いほうが勝村弘であることは一目見てすぐにわかった。

「えーと、そちらの方は……？」

凜々子が自分の席につき、勝村弘の陰に立つ初老の男性に視線を向けて問いかける。

「あ、これは私の父で……」

若者が振り向きながら答えかけたとき、年配男性がおもむろに歩み出た。

「勝村弘の父親、勝村清次郎《せいじろう》と申します。このたびは、息子が大変なことをやらかしまして、本当に……、なんとお詫《わ》びしてよいのか。まことに申し訳ございません。どうか、厳重なる処分を科していただきますよう、よろしくお願いいたします」

深く頭《こうべ》を垂れた父親の、手の先が小刻みに震えている。

「はぁ？」

五十歳は優に過ぎていると思われるその男のあまりにも丁重な物腰に、凜々子は思わず腰を上げかけた。が、ここは検事が頭を下げる場ではない。だいいち成人した男が保護者同伴で検察に出頭してくること自体が異例である。過保護なのではないか。

「お父様のお気持はよくわかりますが、今日の取り調べは息子さん一人ということになっておりますので……」

「承知しております」

目の下に大きな隈《くま》をつくり、明らかに憔悴《しょうすい》した表情ながら、態度は凛然《りんぜん》としている。

「ただ、一つだけ検事様に聞いていただきたいことがありまして、僭越《せんえつ》ながら付き添ってまいりました」

父親はここで一息つき、うつむいた。凛々子の反応を待っているのか。

「じゃ、はい。どうぞ」

凛々子は一度、斜め横に座る事務官の志賀《しが》紀夫《のりお》の顔色を窺《うかが》ってから、父親の発言を許可した。

「ありがとうございます。実は、この息子は七歳のときに母親を亡くしまして、兄弟もおりません。中学を卒業するまでは、これの祖母が母親代わりに面倒を見てくれていたのですが、それも他界いたしまして、それからは私とずっと二人暮らしをしておりました。あいにく私はその当時、仕事が忙しく、あ、小さな損保会社に勤務しておりまして、はい。コイツの相手をしてやることができず、同じ屋根の下に住みながら、ほとんど放任していたようなものでした。ところが私が夜遅くに会社から戻ってくると、コイツは、なんていうか生前のカミさんとおんなじ顔で起きて待っててくれるんです。で、親父、ラーメン作るけど一緒に食べるかとか、今日、天気良かったんで布団干しといたから、日向《ひなた》臭いかもしれないけど、フカフカして気持いいぜとかって……。私に……、私に語りかけてきて……」

父親の言葉が中断した。唇を嚙《か》みしめて涙を堪《こら》えている。凜々子は困惑した。父親の苦悩が理解できないわけではないけれど、こんな話が延々続いては、取り調べに支障をきたす。

「そのあたりのご家庭の事情は警察からの調書で了解しておりますので……」

凜々子は思い切って口を挟んだ。すると勝村清次郎は涙をためた細い目で凜々子を見つめ、再び語り出した。

「コイツは、親の私が言うのもはばかられますが、実によくできた息子なんです。格別に成績が良かったとかいうことはないですが、死んだ母親に似て気の優しい子で。寂しかったに違いないのに、小さい頃からいつも笑ってばかりいて。女房を亡くしてしょげかえっていた私を見て、自分がしっかりしなきゃと子供ながらに思ったんでしょうね。コイツの笑顔にどれほど励まされたことか。結局、私のほうが息子に甘えてばかりおりました。運動会にも卒業式にも出てやることができなかったのに、文句も言わず、ぐれることもなく……」

「ちょっとぐれた時期もあったよ」と隣から息子が小さい声で合いの手を入れた。

「そうだったか？」

父親がゆっくり隣の息子に顔を向けた。

「なに、やらかした」

「いや、それはちょっと、ここでは……」

そのまま父親は前に向き直り、

「とにかく親の懐具合も考えて公立の大学を選んで、経済学だか経営理論だかなんだかを勉強して、この不況の時代にいつのまにか親よりずっと立派な会社の就職も決めてきて、立派なもんだ、さあ、これからは自分のために、お前自身の人生を切り拓《ひら》いていけよって、社会に送り出したと思った矢先に……」

「いや、じゅうぶんお気持は……」

「車を使っていいと言ったのは私です」

勝村清次郎の決然たる声が凜々子の言葉を遮った。

「だからこの事故は、私にも責任があります。焦っているときに運転なんかしてはいけないと、私が止めればこんなことにはならなかった。息子が寝不足だったことも私は知ってました。佐藤さんを撥《は》ねてしまったのは息子です。しかしその過失の半分は、保護者の私に責任があります。ですから、というか、もちろん息子に正当な償いをさせるべきだとは重々承知しております。ただ、そのところを、検事様、どうかお含み置きいただいて」

父親の声はしだいに涙でかすれ、最後はほとんど言葉になっていなかった。立っていることもままならないのか、両手を膝《ひざ》に置き、そのまま床に頽《くずお》れた。

「親父……」

土下座のような恰好《かっこう》でかがみ込む父親の瘦《や》せた身体を息子が抱き起こす。

「すまん。……すみません」

事務官の志賀紀夫も席を立ち、ちょこちょこ歩きで父親のそばに歩み寄って手を差し伸べた。今朝、凜々子が初めて挨拶《あいさつ》を交わしたときは、色白でぼんやりした顔をしていて、歩き方も変わっているし、ちょっと頼りなさそうに見えた志賀事務官だったが、どうやら心根は優しいらしい。

「そこのソファで少しお休みになりますか」

志賀事務官が表情を和らげて勧めると、

「いや、大丈夫です。もう失礼します。本当に大丈夫です。申し訳ありません」

詫びながら父親はふらつく足で何とか立ち上がり、そして凜々子のほうに向き直ってもう一度、よろしくお願いしますと深く頭を下げた。それから息子に顔を向けることなく、静かに部屋を出て行った。息子も、父親の去っていく姿をちらりと横目で追っただけで、直立不動の姿勢を崩さない。

「では、その椅子にお座りください」

凜々子は改めて被疑者である勝村弘に椅子を勧めた。

「それでは取り調べを始めます。まず、人定確認をします。名前、生年月日、住所をお願いします」

「はい。名前は勝村弘。昭和六十年四月十七日生まれ。住所は埼玉県さいたま市中央《ちゅうおう》区……」

凜々子は勝村の声を聞きながら、机の下でこっそり横隔膜のあたりに手を当てた。胃が重い。動揺しているのだろうか。落ち着け。心の中で自分を叱りつける。今の話を聞いて、父親の無念さが胸に突き刺さった。なんと不運な親子だろう。つい数ヶ月前まで、まさか自分の息子が検察に呼び出されるようなことになるとは想像もしていなかっただろう。しかし、不憫《ふびん》に思うと同時に、だんだん腹が立ってきた。こんな演出をして同情を引こうとするなんてルール違反だ。いかなる事情があるにせよ、犯した罪は罪として罰せられるべきである。ここで情に流されては、検事の存在意義が失われる。あくまでも法と証拠に基づいて、公正な判断をするのが我々の仕事だ。凜々子は目の前に座る被疑者、勝村弘となるべく目を合わさず、手元の資料やパソコン画面だけを見るようにして質問を進めた。

勝村は、凜々子の問いの一つ一つに驚くほどはっきりとした声で答え、自らの非を素直に認めた。その意味では、今日の取り調べは予想外に楽だったと言える。ただ一点、凜々子が勝村に、事故を起こした直後の行動について尋ねたとき、勝村が珍しく感情的になる場面があった。

「あなたは自分の車を降りて、被害者の様子を見に行きましたね」

「はい」

「そのときの被害者の様子、そして一緒にいた被害者の妻の様子をできるだけ詳しく説明してください」

「はい。佐藤さんは、頭から血を流して私の車の前で仰向《あおむ》けになって倒れていて、呼びかけたんですが、返事はありませんでした。それで、急いで自分の携帯電話で救急車を呼びました」

「警察を呼んだのはその後ですか」

「そうです。とにかく救急車って思って、その電話を切ったあとに、そうだ、警察も呼ばなくちゃと思った記憶があります。でも……」

「でも？」

「でも気が動転して、また119を押しちゃったんです。そしたら『はい、消防庁です』って言われて気がついて『あ、すいません、間違えました』と慌てて切って、かけ直そうと思ったんですが、番号が出てこないんです。頭がまっ白になっちゃって。それで、佐藤さんの奥さんにお聞きして」

「奥さんに？　奥さんはそのとき何をしていたんですか」

「仰向けに倒れているご主人のそばに座り込んでご主人にずっと呼びかけていました」

「まさか、その奥さんに聞いたんですか」

「はい。警察は何番でしたっけって、聞きました」

「そうしたら奥さんは？」

「１１０番ですよって」

なんてヤツだ。凜々子は小さく溜《た》め息をついた。

「それ以外に奥さんと会話は……」

「しませんでした」

勝村弘はそのまましばらく黙り、それから小声でつけ加えた。

「何にも、しませんでした。身体中の震えが止まらなくて、もう、わけわかんなくなって。暑いのに寒いっていうか……。自分だけカプセルの中にいるみたいに、人の声がすごく遠くに聞こえて。で、気がついたら警察の人に囲まれてて、救急車がサイレンを鳴らして発車したところで」

勝村は先刻の父親と同じように上唇を噛み、膝に置いた両の拳《こぶし》を強く握りしめた。

「なんで俺、何もできなかったんだろう。自分が撥ねたのに、何もしてあげられなかった。今思うと、ほんと情けなくって……」

蚊の鳴くような声で勝村が呟《つぶや》いた。

深く反省している様子が伝わってくる。しかし、犯した罪は罪だ。人が一人、死んでいるのである。ここで甘い顔はできない。凜々子はあえて勝村の言葉に反応せず、他に質問がなかったかと資料に目を戻した。

とりあえず警察から送られてきた供述調書と食い違いのないことを確認できたところで、凜々子はパソコンのキーボードに手を乗せて、隣に控える志賀事務官に確認の文面を打ち込んだ。

「もう聞き漏らしたことはないですよね」

本来、検事は単独で取り調べをする権限と責任を有している。が、新人なのだから、事務官に確認の援護ぐらい求めてもかまわないだろう。凜々子はそう判断し、立ち会いの志賀事務官に訊ねたつもりだ。すると、すぐさま凜々子のパソコン画面に返信が届く。

「だいたい、いいと思います」

だいたい……。その文字に凜々子はひっかかった。が、まあ合格という意味だろう。

凜々子は勝村に向かい、極めて事務的な口調で取り調べの終了を告げる。

「では今日はこれでお帰りください。改めてこちらから連絡することがあると思いますので、常に連絡が取れるようにしておいてください。海外旅行とか、そういうご予定は……」

「いいえ、何も」

「わかりました。では今日のところはこれで」

勝村が席を立ち、大きな身体を曲げて凜々子と志賀事務官に一礼すると、うなだれた様子で部屋を出て行った。ドアが閉まるや凜々子は志賀事務官の顔色を窺《うかが》った。事務官といえども自分よりはるかに多くの経験を積んでいる先輩だ。志賀がどういう評価をしてくれるか、凜々子は気になった。自分としては前回より落ち着いて取り調べができたような気がする。けっこう上手にさばいたのではないか。志賀事務官はどう思っただろう。凜々子はさりげなく志賀に向かってにこやかに、お疲れ様でしたと声をかけてみた。すると彼はあっさり、「お疲れ様でした」と応《こた》えるだけで、さっさとパソコンの電源を切り机の上に散らばった資料をまとめ始めている。

「じゃ、私はこれからお昼休みを取ってきます。竹村検事は、どうなさいますか」

ひと通りの片付けが終わると志賀事務官が、飄々《ひょうひょう》とした顔で凜々子に尋ねた。

「お昼……？　ああ、もうそんな時間だったんですね。どうぞお先に。私はまあ……」

「そうですか」

志賀事務官はそれ以上凜々子に関わろうとする気配もなく、また奇妙なちょこちょこ歩きで部屋を出て行った。

新人検事にはベテランの事務官をつけるのが通例だ。以前、大麻所持容疑の取り調べを担当した際、凜々子は刑事部所属の木村秀樹事務官と組んで成功した。木村事務官は頼りになるし、自分との相性も悪くない。公判部に異動するまでこのままずっと木村事務官とタッグを組んでいきたい。凜々子がそう期待していたにもかかわらず、木村事務官は突然、国税庁に出向してしまった。捜査能力を買われたらしい。そして、彼の後任としてやってきたのが志賀事務官だったのである。

だいたいって、どういう意味なんだ。今度会ったとき、単刀直入に聞いてみようかしら。凜々子はこういう曖昧《あいまい》な言葉が嫌いだった。

でも、いつまでも立ち会いに甘えてばかりはいられない。事務官はあくまで検事の補佐であり、最終的には検事が一人で判断を下さなければならないのだ。凜々子は直後に思い直す。そして、鬱屈《うっくつ》した気分を吹き飛ばすために部屋のガラス窓を開け放ち、半身を外に出して、空に向かって叫んだ。

「てやんでぇ！」

その声に、階下を歩いていたワイシャツ姿の二人づれがこちらを見上げた。凜々子は慌てて顔を引っ込めた。

「で、どう？　大阪は」

柴口朋美が大きな黒目をクリクリさせてカウンターテーブルに身を乗り出した。朋美は目だけではなく、短く刈り込んだ髪の毛もクリクリだ。今度からクリクリちゃんと呼ぼうかなと、凜々子は秘《ひそ》かに思う。

「どうって、まあまあかな。あ、ありがと」

運ばれてきたビールのジョッキを店員から受け取って、笹原順子が答えた。クリクリ朋美のシックな黒色パンツスーツ姿と比べ、大阪に赴任してからの順子の服装はまた一段と派手になったように見える。てれんとした生地のオレンジとピンクが混ざったマーブル柄のノースリーブワンピースで、胸の谷間がかすかに覗《のぞ》く。耳につけている金のピアスも異様に大きくて、まさか仕事場にこんな恰好《かっこう》で行くことはないだろうけれど、とても公務員には見えない。むしろスナックのママに間違えられてもおかしくないくらいだ。

凜々子と朋美と順子が三人で会うのは五ヶ月ぶりのことである。三ヶ月の研修期間を経て、朋美は千葉地検、順子は大阪地検、そして凜々子はさいたま地検へ配属され、それぞれに各部署をまわりながら実戦経験を積んでいる最中だ。

「じゃ、とりあえず、カンパイしよっ」

「はーい。カンパーイ」

「お久しぶりー」

最年長の順子の発声で、カウンターに並んだ三人の、三つのジョッキがカチンとぶつかった。週末を利用して順子が大阪から遊びにくるというので、三人は新橋《しんばし》の洋風居酒屋で会うことにしたのである。

「あー、うま！　東京のビールは、格別にうまいねえ」

順子が唇に泡をつけながら唸《うな》った。

「そんなことあるぅ？」

凜々子が聞くと、

「違うんだなあ、あっちとは」

「でも順子さん、もともと高知出身でしょ。大阪は順子さんにとって、それほど異国の地って感じでもないんじゃないの？」

凜々子は鞄《かばん》からヘアゴムを取り出して、髪を結んだ。ビールのジョッキに毛先が垂れて飲みにくい。それに、初任給で買った白いブラウスの前ボタンにロングヘアがひっかかって、さっきから痛いのだ。

「だから困るのよ」と、順子が髪を束ねる凜々子の仕草を眺めながら応《こた》えた。

「ま、高知と大阪じゃ微妙に違うことは違うんだけどね。東京ほどの異国感がないの。だから困る」

「困るって？」

朋美がテーブルに肘《ひじ》をつき、牛蒡《ごぼう》のフライに手を伸ばしながら順子に聞いた。

「緊張感がない」

「緊張感？」朋美と凜々子の声が重なった。

「あ、おいしい、この牛蒡フライ。食べた？」

朋美は食べることに目がない。メニュー選びを食いしん坊の朋美に任せて正解だった。なるほどおいしそうな料理が次々に運ばれてくる。

「だってさ、私、検事になる前はテレビ局に勤めてたから、男社会の煩雑さにはぜんぜん驚かないし、初対面の人に取材して話を聞くってのもさんざんやってきたんで、そんなにびびることはないし。でも検事としては新人だからね。それほど重要な仕事はまだ回ってこないじゃない。なんか物足りないっていうか退屈っていうかさ。でもってまわりで関西弁が飛び交ってると、あれ、この雰囲気って昔と同じ？　って感じがしてさ。つまりは鮮度に欠けるのよ」

「えー、すごーい」

朋美が片手にビールのジョッキ、片手にバーニャカウダソースのついた葉つきのラディッシュを握ったまま、椅子の背にのけぞった。

「私、毎日、びびりまくりですよぉ。順子さんって、そんなに余裕《よゆう》くしゃくしゃなんだ」

朋美が言ったので、凛々子が、「それって余裕綽々《しゃくしゃく》って言うんじゃないの？」と訂正を入れると、

「やだ、凛々子ったら。わかってるわよ、そんなこと。わざと言ったの。もう、シャレの通じない女なんだから」

朋美は食べ残したラディッシュの葉っぱで凛々子の鼻の頭を突っついた。

「で、凛々子はどうなの？」と、今度は順子に聞かれ、凛々子も人参の先をバーニャカウダソースにつけながら、

「まあ、一つずつ、やってますけど」

「今、何、担当してるのよ」

はい、おまちどおさま、中トロとアボカドのタルタルと、ガーリックトーストでーすと言って、金髪の男性店員が料理の載った皿を持って凛々子と順子の間に割って入ってきた。

「うわ、おいしそー」と朋美が騒ぐ。

「はい、こちら、取り皿でーす」

「あ、ありがとう。今は、交通事故」

凜々子が店員から小皿を三枚受け取って答えると、「あー、交通部の事案ね」と朋美が万事承知といった顔ですかさず反応した。

「私もけっこうやらされた。スピード違反とか追突事故とかね。いっぱい来るんだ、そういうヤツ。ま、取り調べの練習にはなるけど。初心者案件だもんね」

朋美がタルタルを三つの小皿に分けながら凜々子の顔を見て同意を求めたので、

「でも、今、私が扱っているのは、それほど簡単でもなくて」

人参を齧《かじ》る。ずいぶん甘い人参だ。次はキャベツにしてみるか。

「簡単じゃないの？　どんな事故なの？」

順子が突っ込んできた。

「死亡事故……」

凜々子がキャベツにバーニャカウダソースをつけながら答えたとたん、

「死亡事故ぉ？」と、順子と朋美が同時に首を前に突き出して、目を丸くした。

「自動車運転過失致死傷罪、刑法二一一条二項」

朋美が唱え、

「七年以下の懲役もしくは禁錮《きんこ》または百万円以下の罰金」

順子が引き取った。その瞬間、そばを通りかかった金髪男性店員が超スピードで振り返った。怪訝《けげん》な目つきをしている。

「そうだった……かな?」

凛々子は不確かかを装って首を傾げた。

「なに、そのわざとらしいボケかた。知ってるくせに」

朋美は勘がいい。凛々子の心のうちをお見通しだ。凛々子は記憶力に関して自信があった。ましてや担当中の事案に関する法律はすべて頭に入っている。しかし、ここでそんなことを自慢しても始まらないと思ってにごしたのである。

「えー、でもすごいじゃーん。こんなに早く死亡事故を任されるなんて。凛々子、上司に認められてる証拠だよ、それ。やだあ、みんな、エラーイ。私だけ、負けてるぅ」

朋美がすねて片手を大きく上げた拍子に、テーブルの上にあったグラスが倒れ、あっと気づいたときには、ガッシャーンという音とともに水とガラスが床で飛び散っていた。

「やーん、ごめんなさーい」

朋美が慌てて席を立ち、床にかがみこんだ。

「あーあ、器物損壊罪。刑法二六〇条。三年以下の懲役または三十万円以下の罰金もしくは科料です」

順子がビールのジョッキを片手に持ったまま、検事らしいクールな顔でそう言うと、

「もう、いじめないでくださいよぉ。故意に割ったわけじゃないんだから」

朋美は床に散ったガラスの破片を集めながら膨れてみせた。

「あ、こちらでやりますから。それよりお怪我はないですか」

金髪店員が箒《ほうき》と雑巾《ぞうきん》を持って飛んできて、朋美を気遣った。

「怪我はないけど、すみません。弁償します」

立ちすくむ朋美に向かい、店員は、あ、いいですいいですと笑うばかりだ。朋美と店員のやりとりを聞きながら、凜々子はさりげなく順子に囁《ささや》いた。

「あの、私の記憶では……」

「なに？」順子が、飲み干したジョッキをテーブルに置いて振り向く。

「器物損壊罪は、刑法二六一条だったような」

「私、なんて言った？」

「二六〇条って……」

順子が黙った。怒ったかと思った。が、まもなく、

「ごめん。そうだ。二六〇条は建造物等損壊罪だったね」

そのとき、雑巾で床を拭《ふ》いていた店員が顔を上げた。

「なんなんっすか、それ」

「それって？」順子がすかさず応えた。

「さっきから、その法律用語みたいの」

「あー、刑法ね。私たち、検事なの」

「えっ、三人とも？　女性検事さんなんっすか」

順子がかすかに顎《あご》をあげて微笑んだ。

「そうなの。君もなんか困ったことあったら、相談に乗ってあげるよ。私は今、大阪地検にいるけど、この二人は千葉とさいたまだから」

順子はさりげなく足を組み、金髪のほうに膝頭《ひざがしら》を向けた。

「あ、どうも。でも俺、検事さんとはあんまし、関わりたくないかな、なんて」

「そりゃ、そうよね」

順子が肩をすくめると、金髪店員は苦笑いしながら掃除道具をまとめて去っていった。ぜったい引いたな。凛々子は思う。それなのに順子は、

「ちょっと、今の子、けっこう可愛くない？」

「うん、私もそう思ってた。ちょっとジョニー・デップに似てない？」

朋美の言葉に三人は振り返り、彼の姿を探す。

「ジョニー・デップって誰だっけ」

凛々子が遠慮がちに聞くと、順子と朋美がいっせいに振り返った。

「やだ、ジョニデ知らないの？」

「ウソでしょう。凜々子って、変わってるよね」

顔を見合わせて笑う。凜々子は黙ってアボカドを口に運ぶ。

ようやく器物損壊騒動が収まって、落ち着いたところで話題が戻った。

「で、どう？　死亡事故の被疑者って」

順子がガーリックトーストをかじりながら興味深そうに凜々子に迫ってきた。

「うーん、一般的なことはわからないですけど」

「そりゃ当たり前よ、初めてなんだから。ちょっとワイン頼まない？　赤、白、どっちがいい？　朋ちゃん、選んでよ。安くておいしいヤツ。なにも評論家になれって言ってないの。凜々子が担当した被疑者はどうかって聞いてるだけだから」

「あ、そういうことですか」

「凜々子ってさ、案外、生真面目融通きかんちんなの？」

朋美がワインメニューを見ながらクスッと笑った。

「ユウズウキカンチン？」

凜々子が聞き返したら、二人の笑いが爆発した。なにを笑われているのかわからない。さすがに今度はムッとして、

「なんで笑うの？」凜々子がくってかかると、

「あ、怒っちゃったよ、ユウズウキカンチン」

そう言って、また二人で笑い転げる。

「ちょっとぉ。人が真面目に話してるのにぃ」

「ごめんごめん。で、被疑者はどういう人だって？」

順子が笑いの余韻を口元に残しながら凛々子をなだめて話を促した。

「まだ就職したての青年でね。正直、いいやつって感じなんですよ。会社に遅刻しそうだったんで焦って運転してたら、太陽がまぶしくて横断歩道を渡っていたおじいちゃんが見えなくて、ドンってぶつかっちゃったんだって」

「即死？」

「いいえ、救急車で運ばれて二時間後に」

「ふうん」

「ただ許せないのは、取り調べに父親がついてきたんですよ。未成年じゃあるまいし。ま、運転してた車が父親のだったって理由はあるんですけどね」

「だけどそりゃ、父親にしてみれば、まだ子供って感覚なんだろうねえ。だってまだ二十歳そこそこなんでしょ」

「二十三歳。でも、そういう感傷的な親子愛なんて、取り調べにはかえって邪魔になりますからね」

凛々子がムキになって言い切ると、朋美が首を傾げた。

「そうかなあ。邪魔ってことはないんじゃないの？　順子さん、どう思う？」

「そうねえ。プラスかマイナスか、どっちに作用するかはわからないけれど、とりあえずそれも一つのデータには違いないからねえ」

「じゃあ、その父親に同情して裁量を決めてもいいってことですか？」

「同情するだけじゃ駄目だと思うけど。でも被疑者の人となりは父親の証言からも引き出せるわけで、無駄ではないと思うわよ」

注文した赤ワインのボトルが届く。ジョニー・デップ似の店員が三つ並んだワイングラスの一つずつに、赤い液体をトクトクと注いでいく。朋美がうれしそうにグラスを見つめ、順子は身体をくねらせて、金髪店員の手つきをじっと見守る。

凛々子は二人と言い合ううちに、だんだんいい気持になってきた。少し酔っ払ったかもしれない。しかし、こんなふうに互いの認識や経験談をぶつけ合い、相談し合える友がいるのはありがたいことだ。融通が利かないとバカにして笑うけれど、彼女たちだって、私と情報交換をして損はないはずだ。私たちは互いにライバル。でも、かけがえのない同志。よし、二人に負けないように私も来週から頑張ろっと。

「じゃ、改めて、カンパーイ」

「はーい。カンパーイ」

凛々子はグラスを傾けて、ワインの香りを思い切り吸い込んだ。

遺族の取り調べは週明けの月曜日、午後二時から行われた。約束の時間きっかりに、佐藤フネが担当刑事に付き添われて凜々子の取調室に入ってきた。勝村弘に撥《は》ねられて死亡した佐藤忠徳の妻である。

「どうぞ、お座りください」

凜々子が椅子を勧めると、胸にスミレの絵が描かれたグレーの半袖《はんそで》カットソーに黒いズボンをはいた小柄なフネが、あ、はい、どうも、と、遠慮がちに椅子の前へ歩を進め、一礼してから腰を下ろした。

凜々子はもう一度、警察から送られてきたフネの供述調書に目を通す。七十一歳。実年齢よりずっと老けて見える。皺《しわ》の寄り方のせいか、八十二歳になる自分の祖母より歳上かと思うほどだ。祖母の菊江はいまだに肌がツルツルしている。豆腐屋で蒸気を浴び続けているせいもあるだろうが、菊江は顔のみならず身体全体がふっくら系だから皺が寄りにくいのかもしれない。菊江と違ってフネは小柄で……百五十センチぐらいだろうか、しかも痩《や》せているからなおさらしぼんで見える。きっと、事故のショックで体重が落ち、その分、年を取った印象が強いのだろう。ふと凜々子の目が供述調書の上で止まった。フネの生年月日が昭和十二年五月十三日となっている。事故が起こったのも五月十三日だ。

「もしかして、事故があった日は、佐藤さんのお誕生日だったんですか」

「はい？」

フネは高めの声で問い返した。

「事故の日は、佐藤さんのお誕生日だったんですか」

「はい。あたしの誕生日が、あの人の命日になりました」

凜々子は返す言葉を失った。なんという皮肉な偶然か。この老婦人はこの先ずっと、死ぬまで自分の誕生日を悲しい思い出とともに迎えなければいけないのだ。なにも悪いことをしていないのに、なぜそんな仕打ちを受けなければならないのだろう。ひどすぎる。

「その後、少しはお元気になられましたか」

凜々子はフネをいたわるように優しく訊ねた。

「そうですねえ」

フネは弱々しく微笑み返した。笑みまで浮かべて応《こた》えるこの老女の心の奥底に、どれほどの深い悲しみと、勝村弘に対する憎しみが潜んでいるかと思うと、ますます胸が締めつけられる。

凜々子にはどうしてもこの老女が他人とは思えない気持があった。それは、凜々子が子供の頃、同じく連れ合いを強盗に殺された近所の御茶屋のおばあちゃんの思い出と重なるからである。御茶屋のおばあちゃんものんびりとした優しい人だった。笑うと皺でクシャクシャになるところも、フネとよく似ている。同じ苦しみを抱える人が、また一人増えた。この人の悲しみをどうやって和らげてあげればいいのだろう。自分にできることはただ一つ。悲しみをもたらした人間に、正当な罰を与えることしかない。

「辛《つら》いでしょうが、もう一度、事故があった日のことを話していただけますか」

凛々子は、小柄なわりにはギョロリとした大きな目で凛々子を上目遣いに見つめる、まるで灰色ウサギのようなフネに語りかけた。

間があった。凛々子は待つ。するとフネの顔がゆっくり上がり、

「え?」素っ頓狂《とんきょう》な声を出し、横を向いた。

「あたし、ちょっと耳が遠いもんで。特に左の耳が。すいませんけど、もうちょっと大きな声で、喋《しゃべ》ってもらえます?」

凛々子は慌てた。横に座っている志賀事務官に視線を向けたが、志賀はしらっとした顔でパソコンを見つめている。凛々子は机の上に身を乗り出して、大きな声で語りかけた。

「あの事故があった、五月、十三日のこと、話して、いただけ、ますか?」

「ああ……」とフネがようやく理解したようだ。凛々子は待つ。

「どうしてもね、補聴器が見つからなくてね。入れておいたはずなんですけど」

フネは膝《ひざ》に載せた小型のハンドバッグや布袋をあちこち漁《あさ》って、どうやら補聴器を探しているらしい。困った。凜々子は席を離れてフネの隣に座り込んだ。フネの布袋を覗《のぞ》き込み、断りを入れてからバッグの外ポケットにも手を突っ込み、一緒に探してみるが、補聴器らしきものは見当たらない。

「ないですねえ」

「しょっちゅう、なくすんですよ。あたし、なんでも、すぐ、なくすの。なくすたんびにおじいちゃんが怒ってねえ。なんできちんとしまっておかなかったんだって。あたしの耳元で怒鳴るから。そんなに怒鳴らなくたって聞こえてますって言うとね。お前はいつも、聞こえない聞こえないって言うじゃないかって、また怒り出すから、もうこっちはへとへとになっちゃうの」

凜々子は頷《うなず》く。しかしこの状態で取り調べは難しい。

「あんなに怒鳴り散らしてた人でも、いなくなると寂しいもんでねえ。家の中がすっかり静かになっちゃって」

フネは補聴器がないとわかっても、まだ布袋の中をがさごそと探っている。凜々子は自分の席に戻り、話の矛先を変えることにした。

「あのー、佐藤さん。ご主人は、どんな方でしたか？」

「えー?」フネが右の耳の後ろに手を当てて、眉《まゆ》をつり上げた。

「おじいちゃんは、ど、ん、な、ひ、と、で、し、たか?」

「ああ。おじいちゃんですか。おじいちゃんはね、いい人でしたよ。真面目でね。コツコツ努力する人でした。少し怒りっぽいのが玉に瑕《きず》だったけどね。昔は美男子でね。若い頃、映画会社にスカウトされたことがあるって、自慢してましたよ。でも結局、堅気のほうがいいっていうんで、プラスチック加工の工場なんか自分で作って、行き着くところは町工場の社長ですからね。美男も形無しですけどねえ。あたしと? お見合いじゃないけど、まあ、人の紹介でね」

フネは昔のことを思い出したのか、ククッと笑うと恥ずかしそうに肩をすくめてうつむいた。その拍子に頭頂部がこちらを向き、薄くなった髪の毛の隙間から頭皮が透けて見えた。長く美容院にも行っていないのか。短い髪の毛は左右に乱れ、やつれが感じられる。しかしよく見ると、鼻筋がまっすぐに伸びて目は大きいし、なかなかの美人顔である。手入れをすればもっときれいになるはずだ。結婚当時はきっと美男美女の夫婦と評判だったんだろうな。凜々子は勝手に想像を膨らませた。

「あたしね、おじいちゃんが偉かったと思ったのはね。こないだの、アメリカが風邪をひいたら日本が肺炎になったとかいう話でウチみたいな小さな工場がひどい目に遭って。中小の工場とか会社が次々に倒産したときのことですよ。お隣の金属製造工場も、もう立ち行かなくなっちゃって。閉鎖するってことになりましてね。そしたらウチのおじいちゃんが息子と相談して。今、息子が社長なんですけどね。そっちの工場の従業員をぜんぶウチで引き取るって言い出して。そりゃ驚きましたよ。そんなねえ、ウチだって明日《あした》はどうなるかわかんないってくらい、ギリギリでやってましたからねえ。大丈夫なんですかって聞いたら、そんなもん、大丈夫か大丈夫でないか、やってくしかねえんだって。でもね、ウチの従業員も偉いんですよ。給料半分になってもいいって同意してくれたんですから。だからあれですよ。おじいちゃんのお葬式のときは、若い従業員がいっぱい来てくれてね。会長さん、会長さんってみんな、涙流してくれてね。おじいちゃん、こんなに人望があったのかしらって、あたし、驚いちゃって」

凛々子は頷きつつ、さまざまに頭を巡らせた。話の切れ目を狙って何度か事故の話題に戻そうとしてみたが、フネは乗ってこない。しかたなく凛々子はフネの語る思い出話に耳を傾けた。しかし、それも検事の仕事の一つだと、研修のときに教官が言っていた言葉を思い出した。

「遺族の取り調べには、事件や事故について調査するという目的だけでなく、遺族のつらい気持を軽減してあげるという役割もあるのです。質問を突きつけるだけではなく、ただ『聞く』ということも大事なのです」

凜々子は当初、フネからもっと被疑者の勝村に対する恨みや憎しみの言葉を聞くことになると予想していた。が、フネからは一度もそんな言葉を聞くことができなかった。

「勝村弘について、どう思っていますか」

何度か、そう質問してみようと思った。が、フネののどかな雰囲気が、凜々子を踏み切らせなかった。

「ありがとうございました」

帰り際、フネはもう一度、凜々子と志賀事務官に礼を言い、担当刑事に付き添われて部屋を出て行こうとした。凜々子はドアのそばまで行き、フネの背中をさすってつけ加えた。

「もし、なにかおっしゃりたいことを思い出されたら、ご連絡くださいね。いつでもけっこうですから」

「え?」

「もしも、あとで何か思い出されたら……」

「あー」と、フネは思い出したように再びバッグや布袋を漁り始めた。

「補聴器は、きっとお家《うち》にありますよ」

凜々子がなぐさめると、

「いえね、補聴器じゃなくて。実は検事さんにお渡ししたいと思ってたものがあったんだけど。バッグに入れたつもりだったんですけどねえ」

「なんですか」

「いえ、まあ。あたし、こんな立派なとこで、上手にお喋りするの苦手だから、便箋《びんせん》に書いといたんですよ。玄関を出るときまでは持っていたのに。もう、なんでも忘れちゃうの。あとで郵送しますので、読んでおいていただけますか」

「あ、はい。じゃあ、お待ちしております」

凜々子は軽く会釈をし、フネを送り出した。

「ではどうも。ありがとうございました」

フネは最後にまた頭を下げて、前へ向き直ると刑事と並んでエレベーターのほうへ向かっていった。足取りはしっかりしている。

「優しそうなおばあちゃんでしたねえ」

いつの間にか、志賀事務官が凜々子の隣に立って、フネを見送っていた。

「あ、はい」

凜々子には冷淡だが、年配者には愛のある人なんだ。志賀事務官がちょこちょこ歩いて自分のデスクに戻る姿を見ながら、凜々子は思った。

その晩、凜々子は急遽《きゅうきょ》、ボーイフレンドの中牟田《なかむた》優希《ゆうき》と会うことになった。フネの取り調べが終わったあと、資料の整理をしたり取り調べの結果をまとめたりしていた凜々子の携帯電話に連絡が入ったのである。

「どうしたの？　今、どこ？」

凜々子の声が思わずうわずった。優希は仕事でロシアとヨーロッパの国をいくつか回るので、今週いっぱいは帰れないと聞いていたからだ。

「今、成田《なりた》。二週間の予定が変わって早く帰ってこられることになったんだ。これから会社に戻って出張の後処理をしたら、夜は予定がないんだけど。会える？」

凜々子は腕時計を見た。六時までは仕事場にいなければならない。

「何時頃になる？」

「俺としては七時ぐらいがありがたいかな」

「わかった。で、どこにする？」

「そうだな。久しぶりに蕎麦《そば》が食いたいね」

「お蕎麦？　お蕎麦で晩ご飯？」

「じゃあ、凜々子の好きなもんでいいよ」

優希の声のトーンが明らかに下がった。たしかに彼にとっては久しぶりの日本なのだ。要望を叶《かな》えてあげることにしよう。

「いいわ、お蕎麦で。久しぶりに赤坂《あかさか》の河野屋にする？　あそこなら遅くまでやってると思うけど」

「いいねえ。じゃ、現地集合ってことで」

「オッケー。じゃ、予約しておくね。バイバイ」

　凜々子は急に気分が明るくなった。会えるなどと期待していなかったぶん、余計にうれしい。このところ、気の重くなる仕事が続いたので、優希に話を聞いて欲しかったのだ。

　優希は航空会社に勤めている。就職して四年目。最初の一年間は成田空港勤務だったので、まだ法科大学院の学生だった凜々子は、成田にある優希の狭いアパートに、親に内緒でこっそり泊まって司法試験の勉強をしたこともある。その後、優希は本社勤務となり、都内へ戻ってきて今は国際営業部という部署にいるらしい。国際的に営業をするということか、やたらに海外出張が多い。一ヶ月近く会えないこともざらである。凜々子とて、司法試験に合格し、正式に検事になってからは研修やら実務やらで、優希に誘われても優雅にデートを楽しむ余裕のない日が続いていた。

　もともと優希とは学生時代の法律サークルで知り合った。優希は同じ学年だったが、一浪していたので凜々子より歳は一つ上である。法律サークルとは一種の同好会のようなもので、ゼミと別に、法律について自主的に学んだりOBを招いて勉強会を開いたり、街中の市民法律相談所に出向いてプロの法律家に指導してもらいながら現場を経験したりする部活のことである。だから基本的には将来、検事や弁護士などの法律家になりたい学生が入部する。優希も学生時代は司法試験を目指し、弁護士になるのが夢だった。が、友達に付き合って試しに就活を始めたら、たまたま受けた航空会社の内定が取れてしまった。せっかく内定したのに捨てるのはもったいないよと親やまわりに勧められ、優希はコロリと変節した。

「やっぱ俺、就職することにした」

凜々子は最初、ショックを受けた。一緒に闘って行くんじゃなかったの？　意志薄弱よ。弁護士になる夢はどうしたのよ。さんざん罵倒《ばとう》したが、優希はケロッとしたもので、

「ま、俺、もともと凜々子ほど頭良くないから、どうせ司法試験、受かんないと思うんだ。凜々子だけ受かって、俺がいつまでも受からなかったらさ、そういうカップルって悲劇だぜ。そんなら一緒に闘うより、俺が先に稼いでさ。凜々子をずっと支え続けるってほうがよくない？」

そう言われてしまうと、もしかしてこの人は自分との結婚も念頭に置いているのかと、にわかに嬉《うれ》しくなり、つい、納得してしまう。初めのうちは、弱虫！　と優希をなじっていた凜々子だが、実際に優希が就職し、スーツ姿でいきいきと働いている姿

を見るうちに、逞《たくま》しく思えるようになった。いっぽう、ようやく検事になってみたものの、同級生と比べると社会に出るのがはるかに遅れた世間知らずの自分には引け目がある。見守ってくれる人がそばにいることは、どれほどの安心感につながるか。このかたちは正解だったかもしれないと凜々子は今、思う。

「私、鴨南蛮」

注文を取りに来た店の人に向かって凜々子が毅然《きぜん》と言い切ると、優希はメニューを眺めながら、まだ決めかねている。

「蕎麦はもう少しあとにしてさ。最初、熱燗《あつかん》でちびちびやりながら、いろいろつまもうよ。熱燗一本ください。お猪口《ちょこ》二つね。で、玉子焼きと、あ、アサリの酒蒸しだって。いいねえ。あと、穴子焼きと、天たね。あと、何にしようかなあ」

「もうじゅうぶんなんじゃないの？」

凜々子が諭したが、優希はまだ未練がましくメニューを見ている。

「お蕎麦はどうなさいます？」

注文係がいささかしびれを切らしたかのようにせっついた。

「えーとね、俺はざる二枚と、どうしようかな。やっぱかき揚げかなあ」

「さっき天たね、頼んだよ」

凜々子は注意する。

イラした。

「あ、そうか。じゃ、エビ天にしよう」
久しぶりに会ったら思い出した。優希は優柔不断だった。メニューを決めるのが激しく遅い。百八十センチ以上ある大男のくせに、女の子みたいだ。凜々子は少しイラ

「で、どうだったの、出張」
注文が終わったところで、凜々子は気持を切り替えて、優希に訊ねた。出張前より日焼けしたようだ。よほど外を歩き回ったのだろうか。

「いやあ、それがさあ」
優希は背広を脱いで、ネクタイを緩めた。ワイシャツの袖《そで》をまくり上げると、筋肉質の腕をさらし、おしぼりであちこちの汗を拭《ふ》き始める。学生時代、法律サークルだけでなく、ハンドボール部にもいたおかげで優希の腕は人一倍、太い。それでも昔に比べたらぜんぜん衰えちゃったよと優希は謙遜《けんそん》するけれど、その筋肉の盛り上がりを見るのが、凜々子は好きだった。

「もうどこの国もシビアでさ。観光立国ニッポンは、これからどうなっちゃうのかって暗澹《あんたん》たる思いがするよ」

「ふうん」
凜々子は運ばれてきた徳利を持ち、優希のお猪口に注ごうとしたが、

「アッ」

「いいよ、俺がやるから。ほら」

優希に徳利を取り上げられ、自分のお猪口を差し出した。

「じゃ、乾杯」

「おかえりなさーい」

一気にお猪口を空け、二杯目は凜々子が優希に酒を注ぐ。

「私もけっこう大変なんだ」

凜々子は徳利を傾けながら自分の話題を持ちかけた。

「へえ、なにが大変なの？」

優希が突き出しの蕎麦ミソを舐《な》めている。

「交通事故でおじいさんを撥《は》ねて死亡させちゃった被疑者の取り調べしたんだけどさ」

「もう、そんな事案、任されてるんだ」

「そうなのよ」

凜々子はちょっと得意になった。

「父親と一緒に来るんだよ」

「別にいいじゃん。いけないの？」

「いけないわけじゃないけど、未成年じゃないのに、ちょっとおかしくない？」

「どうかなあ。最近の親は子供に甘いからな。いくつなの、その被疑者」

「あんまり詳しいことは言えないけど、会社に入ったばかりの男子」

「そりゃ、悲劇だな。これからっていうときに、辛《つら》いだろうなあ」

優希は一つ溜《た》め息をついてから、自分のお猪口に酒を注いだ。

「あ、そうだ」

優希が後ろを振り返り、自分の鞄《かばん》からパンフレットのようなものを取り出した。

「ちょっとこれ見てよ。今回の出張で泊まったんだけどさ、めちゃくちゃきれいなとこなの」

パンフレットを開くと、大きな湖の畔《ほとり》に立つ白いお城のような建物の写真が出てきた。

「これ、北イタリアの五つ星のホテルなんだけどさ。ほら、湖に浮かんでるみたいだろ。すげー、ロマンチックなの。飯もうまくてね。日本人観光客はめったに来ないとこらしいよ」

「ふうん」

「行ってみたいだろ、凜々子も」

「でも高そう」

「それがさ。ウチの会社と、もしかしてタイアップするかもって話があってさ。うまくまとまったら、安く泊まらせてもらえそうなんだ。ちょっと、いい話だろ」

「へえ」

「そしたら凜々子、連れてってやるぞ」

「ふうん」凜々子は気のない反応をした。

「なんだよ。せっかく凜々子が喜ぶと思ってパンフレット持ってきてやったのに」

「そりゃ、行きたいけどさ」

凜々子は優希の顔を見つめた。日焼けした額に汗が滲《にじ》み出ている。猿系のこの顔が、
凜々子は嫌いではない。しかし、

「なんかさ……」凜々子が呟《つぶや》くと、

「なんか、なんなんだよ」

優希も少し不機嫌そうだ。

「なんか……、楽しそうな仕事でいいなって思っただけ」

「楽しくなんかないよ。俺だって苦労してんだぞ」

「わかってるよ。でも私はさ、今日、その交通事故で夫をなくしたおばあさんに会ってたの。なんかあまりにも切なくて。どうすればこのおばあさんの苦しみを取り除いてあげられるだろうって、ずっと悩んでたの。そういう気分のときに、こんな極楽み

たいな話されても……」

「ちょっと待てよ。観光の仕事は軽薄だって言いたいの？　自分の仕事のほうが価値が高いって、そう言いたいわけ？」

「そんなこと、言ってないでしょ」

せっかく運ばれてきたアサリの酒蒸しが手つかずだ。玉子焼きも半分残っている。気まずいムードになってきた。凛々子は玉子焼きを見つめながら考えた。優希はすっかりビジネスマンになってしまった。儲《もう》かることと楽しいことだけを追いかける軽い男に成り下がったのか。かつては私と、苦しんでいる人々を法律の力で救ってあげられるような人間になりたいと、崇高な夢をあれだけ熱く語り合ったのに。

「わかったよ。悪かったよ」

しばらくすると優希が折れてきた。

「凛々子は疲れてるんだよな。しかし俺もさ、疲れてるのね。疲れてるけど、一刻も早く凛々子に会いたいと思ったから成田に着いた途端に電話したんだよ。会いたかったの。わかってくれるかな？」

「わかってるよ」凛々子の尖《とが》らせた口の端が緩みかけている。

「だからさ。もう喧嘩《けんか》はやめようよ。せっかく久しぶりに会えたんだから、ね」

優希は優しい。凛々子はつくづく思った。私のことを大事に思ってくれている。でも、学生時代とは、どこかが違う。少なくとも私が検事になってから、優希の考えていることと、少しずつずれ始めているような気がしてならない。このままでいいのだろうか。

「はい。喧嘩、おしまーい」

優希がお猪口《ちょこ》を掲げておどけてみせた。

「でさ」と優希がテーブルに出ている凜々子の手の上に自分の手を乗せて、パンパンと叩《たた》いた。

「ねえ。今日、会社に戻ったらさ。部長が変なこと、言うの」

「変なことって？」

「お前、入社何年目だって。四年目ですって答えたら、はあん、そろそろだねだって」

「そろそろって？」

凜々子が聞き返す。

「そりゃ、転勤のことに決まってるさ」

「えぇー？」

「それもさ、たぶん海外ってことだと、俺は踏んでるんだ。まだわかんないけどね。でも、確率的には高い。どうなるかなあ」

優希はニマニマと口元を緩ませて、

「お、冷めちゃうぞ。食べよう食べよう」

意味深な目つきで凜々子を見つめた。

何を言いたいんだ、このオトコ。凜々子は再び口元を前に突き出した。

拝啓
本格的な夏を迎え、炎暑しのぎがたきこの頃でございますが、検事様におかれましてはいっそうご活躍のこととお慶《よろこ》び申し上げます。
先日はお忙しいなか、貴重なお時間を頂戴《ちょうだい》し、私の拙《つたな》い話をお聞きいただきまして、まことにありがとうございました。またこのたびは主人の交通事故につきまして多大なるご配慮をいただいておりますこと、改めて深く御礼申し上げます。
警察の方から、検事様にお会いして事故のことをお話しするようにと言われましたが、そんな立派な方とはお目にかかったことがなく、ましてもう七十一歳と老齢の身の上でございます。ご承知の通り、ここ数年は耳もひどく不自由となりまして、警察の取り調べの際にはさんざんご迷惑をおかけし、こちらもへとへとにくたびれました。結局、検事様にもろくな話ができず、まことにご迷惑をおかけしたと申し訳なく思っております。そこで失礼とは存じつつ、先日、お話しできなかったことや、私がこのたびの事故を通じて体験し、私なりに考えたことなどを手紙に託してお伝えするほうが、より明確にご理解いただけるのではないかと、筆を執った次第でございます。

と申しましても、事故そのものについてはすでに警察の方にいろいろお調べいただき、おそらくお手元にもたくさんの資料が届いていらっしゃることと拝察し、省略させていただくことにいたしました。

私が検事様にお伝えいたしたいのは、主人を撥《は》ねた勝村弘さんのことでございます。

事故直後、勝村さんは車を止めてこちらに近づいてきて、横断歩道の上で仰向《あおむ》けに倒れていた主人の様子を確認したあと、背広のポケットから携帯電話を取り出して、救急車とパトカーを呼びました。ところがどうしたことか、110番という番号を忘れてしまったらしく、私に訊ねてきました。ずいぶん変わった人だと思いました。いくら気が動転していたからといっても信じられないことです。しかも自分が撥ねた人間の妻に聞くなんて、そんな非常識な人がいるでしょうか。でもそのときの私にしてみれば、目の前に血だらけになって横たわっている主人をなんとかしなければならないという思いのほうが先に立って、一刻も早く警察を呼んでもらいたい気持でいっぱいでしたので、すぐに教えてあげました。そのとき以外、勝村さんと会話を交わした覚えはございません。

ただ、勝村さんは110番したあと、主人に向かって、「すぐですから、すぐ来ますから。お願いします、お願いします」などと、震え声で祈るように何度も何度も話しかけていました。そして救急車を待つ間も、路上に座り込んでいた私の背中をずっとさすってくれました。そんな余計な親切をするくらいなら、なんでもっと注意して運転してくれなかったのか、主人をどうしてくれるんだと、私は腸《はらわた》が煮えくりかえる思いだったので、正直なところ、勝村さんに触られるのも不愉快でした。直接、勝村さんに怒りをぶつけることはいたしませんでしたが、口をきくのも恐ろしくて、できるだけそちらを見ないようにして、救急車が到着するのをひたすら待ちました。

事故があったのは早朝でしたが、時間が経つにつれ、少しずつ見物人も集まってまいりました。でもその人たちは、遠巻きにこちらを眺めるばかりで、何もしてはくれませんでした。そばにいるのは、主人を撥ねた憎い男だけです。私は心底、情けなくなって、冬でもないのに身体がぞくぞくしてきたのを覚えています。

そのあとようやく救急車が到着し、救急隊員の方がささっと近づいてきて、私は抱えられるように救急車に乗せられました。そのとき勝村さんがどこにいたのか、わかりませんでした。

勝村さんと二度目にお会いしたのは、主人のお通夜のときです。突然、息子の怒鳴り声が聞こえてきて、勝村さんが来たことを知りました。お通夜は自宅で行いましたので、私はちょうど台所におりまして、出ていこうと思ったら、息子の嫁が「お義母《かあ》さんは会わないほうがいい」と止めるもので、しかたなく暖簾《のれん》の隙間から息子とのやりとりを覗《のぞ》き見ただけでした。勝村さんの隣には、勝村さんより小柄な年配の男性が立っておりました。顔つきがよく似ていたので父親だとすぐにわかりましたが、あとで息子に聞いたらやっぱりそうでした。勝村さん父子《おやこ》は、私の息子の激しい言葉に黙って頷《うなず》くばかりで、言われっぱなしの状態でした。最後には息子が、勝村さんの黒いネクタイをつかんで「帰れ！」と怒鳴って突き飛ばし、とうとう二人を外へ追い出してしまいました。さすがに私も驚いて、他の弔問にいらした方々の手前もございますし、それはちょっとやりすぎではないかと思いまして、玄関に出て行って息子を小声でたしなめました。そのとき、ちらりと外を見ましたら、長身の勝村さんが小柄な父親と並んでとぼとぼと帰っていく後ろ姿が見えました。お父さんが小柄でも、息子はずいぶん背が伸びるものなんだなあと、余計なことが頭をよぎりました。ウチは主人も息子も小さいものですから。

そのあと私は息子にずいぶん叱られました。おふくろはなぜあんなヤツの肩を持つんだ。アイツは親父を殺した男なんだぞ。親父はきっとあの世で悔しがっているよ。アイツのせいで、楽しみにしていた老後の人生をすべて奪われたってね。俺だって、親父に教わりたいことはまだ山ほどあったんだよ。これから一人でどうやって工場を切り盛りしていきゃいいんだよ。それなのに、おふくろは悔しくないのか。親父がいなくなっても平気なのか、と申しましたのです。

平気なわけがないではないですか。私だって憎くてたまりません。

主人も私も、老後を息子に頼るつもりは毛頭ありませんでした。最初のうちはうまくいってもいずれ嫁や孫たちと衝突するのは目に見えております。だから身体と頭がまともに動くうちに工場は息子に譲って、二人で老人ホームに入るなり田舎に引っ込むなり、そろそろ老後の計画を本気で立てなければいけませんねと夫婦で話していた矢先だったのでございます。でも、こんなに急に一人にされては、どうして生きていけばいいのか途方に暮れるばかりです。

お通夜のあとも、勝村さんは何度も我が家を訪ねてきました。お葬式はもちろん、初七日、ふた七日、み七日と、一週間ごとに、もうお寺さんに来ていただかないで身内だけで供養を済ませようという日にも、きっちり現れるのです。気がつくと玄関先に喪服姿で立っていて、そのたびにギョッとしました。息子などは、「気味が悪い。無視しろ、無視しろ」と申しますもので、私も家の中からそっと様子を窺《うかが》っていただけなのですが、勝村さんは玄関のベルを押すでもなく、門の前に直立不動で目を閉じ、両手を合わせ、深くお辞儀をして、そのまま帰っていきました。お通夜以降はいつも一人で、お父さんの姿はありませんでした。

その律儀な様子にいちばん先に同情したのはウチの嫁でございます。たまたま息子が外出しておりました折、また勝村さんの姿が玄関先に見えて、そうしたら嫁がすがるような目つきで私を見つめるのでございます。私も「そうだねえ」と、つい応《こた》えてしまいました。それから嫁が外に駆け出して、勝村さんに声をかけたのです。よろしければ仏様にお参りしていってくださいと。勝村さんは最初、首を横に振っていたようですが、まもなく遠慮がちに玄関に入ってきました。私に気づくと足を止め、さらに腰を深く曲げて、そのまま動かなくなってしまいました。私は、なにか口をきくと、抑えていた怒りと涙が溢《あふ》れ出てしまいそうだったので、とりあえずスリッパを並べて、片手を左右に振って、上がってくださいという身振りをいたしました。

勝村さんは仏壇の前に来ると座布団を横によけ、畳にじかに正座しました。それから焼香をし、焼香を済ませたあとも頭を垂れたまままずいぶん長い時間、じっとしていました。嫁と並んで後ろに控えていた私はその背中をくまなく観察いたしました。この人は今、頭の中で何を考えているのだろうか。悲しそうな素振りを見せているけれど、単なる演技なのではないかなどと、いろいろ想像しました。警察の方から二十三歳と聞いておりましたので、だとするとウチの孫娘とほとんど年齢が変わりません。ついこの間まで小さかった孫のことを考えると、今はこんな大きな身体の勝村さんだって、さぞや可愛らしい赤ちゃんだったのだろうなあとも思いました。お母さんを早くに亡くされてお父さんと二人きりの生活だと聞いております。子供時代はずいぶん寂しい思いをしたことでしょう。苦労して育って、ようやく会社に就職したと思ったら、こんな事故を引き起こして、お父さんもさぞや無念なことだろうとも、思いました。

勝村さんの背中を見ているうちに、私にはもう一つ、別の人たちの顔が浮かんでまいりました。主人が可愛がっていた工場の若い従業員たちです。先日、検事様にお会いしたときちょっとお話しいたしましたが、主人は近所の金属製造工場がつぶれたとき、職に溢《あぶ》れた従業員たちを見過ごすことができず、二十三人の工員全員をウチの工場で引き取ったのです。じゅうぶんな給金を払えたわけではないですが、それでもあの子たちを路頭に迷わせちゃいけないって、主人が申しまして。引き取った二十三人ももちろん喜んでくれました。それはそれでよかったのですが、私はウチの工場に元からいた従業員たちに心から感謝しているのです。給料が減ってもいいかと主人が彼らに打診したら、「いいですよ。困ったときはお互い様ですから」と。そのときのあの子たちのさわやかな笑顔は、生涯、忘れられません。今どきの若者はだらしないと世間で批判ばかりされておりますが、こんなしっかりした若者もいるのだと思うと、私はまだまだ日本は捨てたもんじゃないと思いました。あの子たちも高校を卒業してからウチに就職して、二十代になっているものが多かったので、この勝村さんとだいたい同じぐらいの年頃なんだなあと。そんなことを考えていたら、急に上のほうから、主人の声が聞こえてきたのです。

「おいフネ、この人だって、何も悪気があって俺を撥《は》ねたわけじゃねえんだぞ。いつまでもじめじめしてねえで、この人の将来のことも、ちゃんと考えてやれよ」ってね。その後も勝村さんは、四十九日の法要まで毎週かかすことなく、訪ねてこられました。

それだけではなく、どうやら主人のお墓参りもしてくれているようなのです。私も一度、それらしき姿を遠目に見かけましたし、息子と嫁も見たと申しておりました。こちらに気づくとすうっと姿を隠してしまわれるので、直接、話したことはないのですが、そのあとお寺のご住職様に伺ったら、名前は名乗らないけれど、ちょくちょくお参りにいらしてますよ、いつもお墓を掃除して、隅々まで丁寧にお水をかけてお帰りになりますねえ、よほどご主人様にご恩のあった方なのでしょうねえと、感心されてしまいました。

実は、ずっと警察の方に言いそびれていたことがございます。事故当日、主人は青信号が点滅しているのにもかかわらず、横断歩道を渡り始めました。私も主人の後ろを必死で追いかけたのですが、膝《ひざ》が痛いもので速くは走れませんで。すると歩道に足を踏み入れる前に信号が赤になったので、私は諦《あきら》めて立ち止まりました。横断歩道を渡りかけていた主人が振り向いて、私に向かって、なにをぐずぐずしてるんだ、早く来いと怒鳴って、手招きしながらこちらへ小走りで戻ってきたのです。その直後に、主人は車に撥ねられました。今思えば、あのとき無理に渡らなければこんなことにならなかったのではないかという気がいたします。根がせっかちな主人でしたので、信号待ちをするのが何より嫌いで。そんな主人にも多少の落ち度はあったかと存じます。

今さらこのようなことを申し上げて、ご迷惑かとも思いましたが、ずっと心にひっかかっておりまして。申し訳ありません。本当は検事様にお会いする前に、用意していた手紙があったのですが、お会いしたあと書き直したくなりまして、検事様のお顔を思い出しながら書くうち、どんどん長くなって、自分でも何が言いたいのか、よくわからなくなって、発送が遅れましたこと重ね重ねお詫《わ》び申し上げます。

息子には、この嘆願書のことを一応、話してございます。嘆願書に、信号のことも書こうと思うと申しましたところ、息子は背中を向けたまま返事をしませんでした。でも黙っているということは、心の中で了解してくれた証拠でございます。そういうところも父親によく似ております。口べたではありますが、心優しいところのある息子です。勝村さんのことも、ちゃんと了解しているはずです。

本音を申し上げれば、いまだに複雑な思いも残っております。勝村さんを完全に許したといったら嘘になります。息子もたぶん私と同じような心境だと思います。でも、私や息子が勝村さんをどれほど憎み続けても、亡くなった主人は喜ばないような気がするのでございます。

どうか検事様、そんなわけでございますので、勝村弘さんのことを、あまり厳しい処分になさりませんよう、ほどほどにお咎《とが》めくださいますよう、遺族を代表いたしまして、お願い申し上げます。

うまくご理解いただけたかどうか心許《こころもと》ないかぎりでございますが、私がお伝えしたかったのは、そのようなことでございます。

明日《あした》、主人の墓に参ります。検事様にお願いしたことを報告してこようと思っております。

長々と、年寄りの駄文にお付き合いくださいまして、心より感謝いたします。ありがとう存じました。

敬具

佐藤フネ

竹村凜々子検事様

凜々子は自分の取調室で、便箋《びんせん》十枚にわたるフネの手書きの手紙を読み終えると、丁寧に折り畳み、透かし模様の入った白い封筒の中に納めた。そしてボールペンで書かれた「嘆願書」という表書きの優雅な文字を今一度見つめ、人差し指でその筆跡を上からなぞってみた。司法修習生時代を含め、今までいくつかの事案を扱ってきたが、「嘆願書」というものを受け取ったのは今回が初めてである。この内容をどう取り扱い、どう反映させたものか。しかも、赤信号を無理に渡ろうとしていたというのは、無視できない重要な事実だ。警察からの供述調書のなかには見当たらなかったが、彼女が警察に隠していたのだろうか。

何気なく封筒を裏返すと、名前の横に、追伸と記された三行ほどの文章が添えられていることに気がついた。

「追伸　あの方は、耳の遠い人間の気持をよくわかっている人でした。あんな騒ぎの中でも、私にゆっくりと大きな声で話しかけてくれました。たいていの人は、早口で、私が聞き取れないと迷惑そうな顔をなさるものです」

私もフネさんにゆっくり話しかけたつもりだったが、迷惑そうな顔をしていただろうか。

「そうだったかもなあ」

フネとの面会の日のことを思い出し、凜々子は心の中で素直に自分の非を認めた。

そして改めて、勝村弘が事故の遺族に示した誠意に対し、少なからず感心した。

「しかし……」と凜々子は考える。いくら誠意を尽くしたからといって、償うべき義務を逃れていいものか。犯した罪の重さに、被疑者の優しさや思いやりは関係ない。

しかし、赤信号についてはどう斟酌《しんしゃく》するべきか。難しい。

凛々子はその日の午前中、警察から送られてきた今回の事故に関する証拠の整理と、次に担当する取り調べの準備に追われるうち、昼休みを取りそびれた。気づいたら一時を回っていて、もはや外へ食事に出かける時間はない。二時半には新たな取り調べの予定が入っている。しかたなく一階の食堂でうどんでも食べようと思い、階段を下りたところで、たまたま同期の柴口朋美に出くわしたのだ。朋美は千葉地検勤めのはずである。

「どうしたのよ、朋ちゃん、こんなとこで？」

「あ、凛々子。よかった、会えて。実は参考人の調べで今朝からここの調べ室借りてるの。やっと一段落したんで、凛々子に挨拶《あいさつ》に行こうと思ってたとこ。お昼ご飯、食べた？」

朋美が目をクリクリさせて走り寄ってきた。

「実はまだなのよ。食べそびれちゃって」

「よかったあ。じゃ、一緒に食べようよ」

こうして二人は揃って食堂に入り、四百八十円のきつねうどんと五百二十円の肉うどんの食券を購入し、厨房《ちゅうぼう》のカウンターに置いてから席についた。

「どう思う?」

最近どう? という朋美の問いに応《こた》え、凜々子がフネから送られてきた嘆願書の話をしたところ、目の前でお揚げを齧《かじ》っていた朋美が、

「うーん、そうだなあ」

どんぶり鉢のなかで動かしていた箸《はし》を止め、テーブルに肘《ひじ》をつく。

「まあ、それはそれ、これはこれってことなんじゃないの?」

ショートヘアの朋美がキューピー人形のような顔で首を傾げ、また箸を動かした。つるんと音を立ててうどんをすすり上げる。その拍子に汁が飛び、黒いパンツスーツの下に着ている白いTシャツの胸の部分に醬油《しょうゆ》色のシミがついた。

「あーあ、またシミつけちゃった」

朋美はハンカチをコップの水で濡《ぬ》らすと懸命にこすり始めた。その様子を見ながら、凜々子が聞いた。長い髪の毛を片手で押さえながら、牛肉ひとかけをうどんと一緒に口に入れて答えを待つ。

「これはこれ……って?」

「つまりさ、嘆願書は嘆願書。それは被疑者にとって精神的救いには確実になると思うよ。だって遺族に『刑罰を軽くしてあげてくれ』なんて言われたら、そりゃ誰だってうれしいに決まってるもん。でも実際に人を一人、死亡させてしまった罪は軽くは

ないからね。やっぱそれは、裁判にかけるべきでしょう。私なら公判請求、禁錮《きんこ》刑求刑が妥当だと思うけどなあ」

「よかったあ」

凜々子は右手に箸を持ったまま、椅子の背にもたれ込んだ。

「やっぱりそうだよねえ」

凜々子は朋美が自分と同じ意見だったことに安堵《あんど》した。朋美はまだ、シミと闘っている。

「あーん、取れないよお。でも、これはあくまでも私の意見だから。嘆願書のこと、誰かに報告した？」

「いや、まだ……」

誰かに報告するべきなのか。凜々子はそれもわからない。最終的にはこの事案の直属の上司にあたる交通部の佐々木善治郎部長に決裁を仰ぐことになる。しかし、その前にもし相談するとすれば、指導検事である大越高雄であろう。しかし大越はこのところ他の事件の捜査で忙しいらしく、ゆっくり顔を合わせるチャンスがない。いや、実は今朝、佐藤フネの嘆願書を読んだ直後に廊下ですれ違った。大越のゴリラ顔が近づいてきたので凜々子が軽く会釈をすると、大越は凜々子に向かってにこやかに「よおっ」と片手をあげ、

「どうだ、調子は？」

いつもながらのダミ声で話しかけてきた。問われた凛々子は戸惑って、

「あ、はい。なんとか」

本当は、嘆願書のことを相談したかった。が、自分の中で整理のついていない段階で先輩に助けを求めるのは潔くない気がして、やめたのである。すると大越は、大きな鼻の穴を膨らませ、

「罪を憎んで、人を憎まず。罰することだけが、俺らの仕事じゃねえんだぞ。な」

それだけ言うと、ガッハガッハと、豪快に笑いながら立ち去っていった。

「まだ……、誰にも」

凛々子が答えると、

「廊下トンビすればいいのに」

朋美はシミのついた部分を今度はハンカチでパンパン叩《たた》き始めている。

「廊下トンビ？」

すかさず二重になっていた朋美の顎《あご》がひょいと上がった。

「え、知らないの？」

凛々子はムッとした。そんなことは先刻ご承知だ。しかし廊下トンビについて、凛々子は否定的だった。判断に窮したり迷ったりしたら、他の取調室で暇そうにして

いる先輩検事をつかまえて、どんどん相談しろ。トンビのように廊下をあちこち渡り歩いて聞き回れ。検事になった当初、先輩からよく言われたものだ。しかし凜々子は一度も実行したことがない。

「そんなことして、いいのかなあ」

　相談が許されるとしたら、目下の案件に関わる直属の上司か、あるいはペアを組んでいる事務官ぐらいなのではないか。関係のない他の部署の検事にまで自分の担当事案について相談を持ちかけるのは、カンニングをするのと同じことのように凜々子には思われた。でも、朋美は平然と、

「いいに決まってんじゃない。けっこう親身になって聞いてくれるよ。あん、もう、ぜんぜん取れないよ。めんどくさい。このTシャツ、捨てちゃおっかな」

　たしかに朋美の胸元のシミは、水で拭《ふ》くほど広がっていくように見える。

「だけど、相談に乗ってもらっといて、それを無視したら、あとで怒られたりしない？」

「そんなことで怒る検事なんていないわよ。だってみんな不安なんだもん。お互い様なんだって。他人の意見を聞きながら自分の考えを整理できるし、自分が見落としていたところに気がつくことだってあるし。でも、最終的には一人で決断するんだから。ズルでもなんでもないの」

理屈としてはわかる。が、たくさんの意見を聞くことによって、ますます迷いが生じる危険性もある。船頭多くして船、山に上ると言うではないか。そう反論しようとしたら朋美が、

「あと、家族にそれとなく意見を聞いてみるってのもアリよ。守秘義務には反しちゃいけないけど、一般的な意見として、シロウトの見方って、案外、参考になることがあるからね」

「へえ」

うどんを食べたせいで身体が熱くなった。凜々子は納得しない顔のまま、髪の毛を持ち上げて、首筋に吹き出た汗をハンカチでぬぐった。

「そんなこと言ってるからユウズウキカンチンって言われちゃうんだよ、凜々子は」

またである。凜々子はきっぱり言い返す。

「言われてませんから。そう言ってるのは、朋ちゃんだけですから」

悔しいが、たしかに朋美は凜々子より物事を融通無碍《むげ》に考えられる性格らしい。しかし一方で、個人の力で闘わなければいけない検事の仕事をそこまでルーズに広げてしまっていいものかという疑問が湧く。凜々子は必ずしも朋美の意見に同意できない。

「ごちそうさまー。あー、食った食った」

朋美がきつねうどんの最後の汁を吸い上げてから、うどんの器をお盆に置いて、満

足そうにお腹を叩いた。食いしん坊の朋美はおいしいものに目がないが、たいしておいしくもないものでも、けっこうおいしそうな顔をする。凜々子にそんな器用な真似はできない。この食堂のうどんはいつも軟らか過ぎて、汁は濃いが具には味がない。最初から期待していなかったものの、半分ぐらい食べた時点で断念し、凜々子は肉うどんを残した。いっぽう朋美はきつねうどんを完食し、どんぶりに残ったのは汁に濡れた七味の粒だけである。

「そうだ」

朋美がシミ取りに使って濡れたハンカチを手元で振りながら凜々子に語りかけた。

「今日の夜、あいてる？　東京で飲み会があるんだけど、来ない？」

「飲み会かあ……」

凜々子は躊躇《ちゅうちょ》した。明日《あした》中に作成しなければならない書面がある。あまり夜遅くにはなりたくない。

「大丈夫よ、修習生時代の仲間ばっかりだから。みんなだって忙しいもん、そんなに遅くならないと思う。弁護士になった子も一人来る予定なんだ。彼女に相談してみたら？　参考になるかもよ」

「うーん。あとでメールする」

凜々子は腕時計に目をやって、どんぶり鉢が載ったお盆を持ち上げた。席を立ちかけたとき、朋美のTシャツのシミが目に入った。

「それ、漂白剤で取れるんじゃない？」

するとと朋美が首を傾げて苦笑いした。

「えー、めんどくさいよお」


気がつくと、凜々子はタクシーの中にいた。さっきまで人の声や騒がしい音楽に囲まれていた気がするが、今は打って変わって静寂だ。前方に、黒いチョッキを着た運転手の後ろ姿がある。

「どこ、ここ」

凜々子は朦朧《もうろう》とした意識のまま、窓の外に目を移した。橋を渡っているらしい。川面《かわも》が薄日に反射してきらきら光っている。

「どこだあ？　ねえ、運転手さん、ここどこですかあ？」

後ろ姿がぴくりと動いた。

「あ、勝鬨橋《かちどきばし》ですが。お客さん、勝どき七丁目って言ってたから……」

「ああ、あああああ。いいのいいの。合ってる合ってる。偉いねえ、あたし。酔っ払ってもちゃんと言えてるんじゃん。じゃ、このまま橋渡って、どっかーんと、こっち。こっちの方角だかんねー」

凛々子は手を右のほうに振って、進むべき方角を運転手に示した。身体を動かすたびに頭の中がぐらぐら揺れる。脳みそにまでお酒が詰まっている感じだ。

「こっちって？　右？　左？　え、右なの？　清澄《きよすみ》通りを右ってことですね？」

ハンドルを握りながら運転手が何度も確認するが、凛々子はもはや返事をする気力がない。座席の背に斜めにもたれて目を閉じた。

「ったくもう。だから女の酔っ払いは乗せたくないんだよな。タチ悪くていけないよ」

「なにぃ？」凛々子が素早く起き上がり、前の座席に身を乗り出した。

「あ、いやいや。で、清澄通り、右折しましたけど。あと、どうするんですか？」

「三つ目の路地を左。で、ちょちょっと行って、ちょちょちょーだい！」

「ここ？　ここを左でいいんですね？」

「わかんなーい」

「わかんないって言われてもさ。ねえ、お客さん」

「ここだ。止めて！」

凛々子の甲高い叫び声に驚いて、運転手が急ブレーキをかけた。弾みで凛々子の身体が後部座席と前の座席の間にはまり込む。

「大丈夫っすか。止まれって急に言うから……」

運転手が心配そうに振り返った。凛々子は座席の間にはまり込んだまま、財布の中から一万円札を抜き出して、指先でつまんでヒラヒラ揺らす。

「いけませんねえ、運転手さん、急ブレーキは。事故の元ですよぉ。道交法違反で起訴するぞ、なんちゃってね。はい。ごくろうさーんっと」

一万円札を運転席の脇にある四角い盆の上にどんと置いて、うねうねと身体を起こした。

「どうも」

運転手がおつりを払おうと、助手席に置いてある箱に手を伸ばした。即座に、

「つりはいらねー。取っときな」

凛々子は歌舞伎役者が見得を切るような素振りで片手をあげ、自分でドアを開けようとした。

「ちょっとぉ、開かないよ。開けてよ!」

ドアをバンバン叩《たた》いていると、運転手が慌てて、

「開けますよ、今、開けますから。やめてくださいよ。ドア、壊れちゃうから。でも、お客さん、こりゃ、いくらなんでもいただき過ぎ。ほら、おつり。ほらってば。お客さん、ちょっとお客さん」

運転手が千円札を数枚、身体をよじって後ろに突き出すが、

「うるっせぃ!」

凛々子が一喝した。

「あたしゃね、ユウズウキカンチンじゃ、ねーんだよ、ふん！」

凛々子はそれだけ言うと、開いたドアから外に出た。右手に書類鞄《かばん》、左手にジャケットを握りしめ、しばしその場で仁王立ちになると、まもなくタクシーを背にふらりふらふら歩き出した。


「ただいまー」

凛々子が勝手口から作業場に入っていくや、白い作業着姿の妹の温子が叫び声を上げた。

「やだ、お姉ちゃんったら。何時だと思ってんの？　うわ、酒くさー」

凛々子は温子のほうを振り向いて、ニマッと笑いかけた。

「水」

そのまま茶の間の隣の事務部屋の床に倒れ込む。温子はゴム手袋をはめたまま、水道の蛇口をひねってコップに水を満たすと、寝転がっている姉の顔の前に突き出した。

「もう、信じられない。なにその酔っ払いぶり。どこで飲んできたのよ」

「いろいろ大変なんだよ、姉ちゃんも」

寝返りを打ってコップを受け取ろうとした凛々子の頭の上に、父親の浩市の顔があった。

「いくら大変だってったって、朝の四時に帰ってくるってのは、どうなんだよ」

さすがの凜々子も父親の低い声に一瞬、目が覚めた。

「まったく、なんだ、そのだらしない恰好《かっこう》は」

浩市が吐き捨てるように言い放った。娘二人と妻と母親。四人の女に囲まれて、いつもやり込められてばかりいる浩市が、珍しく威厳を湛《たた》えている。凜々子は慌てて身を起こし、開いていた膝《ひざ》を揃えて板の間に正座した。叱られたからといってにわかに酔いが醒《さ》めるわけではない。うつむいたまま目を閉じていると、身体がどんどん横に傾いていく。

「いいか、凜々子。検事がどれだけ偉いのか、大変な商売なのか、俺は知らねえけどさ。朝四時まで飲んだくれてるってのは、親として、どうかと思うよ。しかもこっちはこれから仕事が始まるっていう神聖な時間帯なんだ。お前みたいな酒臭いヤツに仕事場にいられちゃ、迷惑なんだよ。どうしても生活時間帯が合わねえっていうんなら、出てってもらおうじゃねえか」

浩市の怒りはだんだんエスカレートし始めた。

「すんません」凜々子は神妙に頭を下げる。頭を下げるたびに酒が胃から逆流しそうで気持が悪い。いつのまにか浩市の後ろに妹の温子と、母親の芳子、そして祖母の菊江までが集まってきた。

「とにかくもう今日は寝なさい。明日《あした》も仕事、あるんでしょ。ほら、凜々子」

芳子が援護してくれた。恐る恐る見上げると、芳子も温子も菊江も浩市も、みんな揃って白い上っ張り姿である。夜の酒場から戻ってきた自分だけが、なんだか不潔な動物のように思えて、凜々子はますます肩身が狭くなった。

「明日じゃないよ、お母ちゃん。あと四、五時間後だよ、出勤時間は」

温子が訂正を入れる。

「ほら、凜々子ちゃん、もっとたくさん水飲んで。おしっこ、たくさん出して。早く酔いを醒まさないと、明日、お仕事に行けないよ」

「だからおばあちゃん、明日じゃなくて今日だから」

凜々子は菊江からコップを受け取って一気に飲み干すと、よたよたと立ち上がった。すいません。もう一度頭を下げ、階段に向かいかけたとき、ふと思い立ち、凜々子は振り返る。

「そうだ。あの、皆さんにちょっとご相談があるんっすけど」

「なんだよ。この家、出ていく決心がついたか」

浩市の口は尖《とが》ったままだ。

「いえ、そうじゃなくて……」

凜々子はふらつく足取りで再び事務部屋に戻ってくると、どたんと座り込む。

「あのっすね。こないだ、ハルちゃんと父さんにシミュレーションしてもらった、ほら、あの事件なんですけどね……」

凜々子の口がまともに回っていない。

「ああ、交通事故起こしてじいさんが死んじゃったっていう、あれか」

浩市の表情がかすかにゆるんだ。

「うん。遺族のおばあさんがね、嘆願書、送ってきちゃったの」

「なに、嘆願書って?」

仕事場に戻ろうとしていた温子が浩市の横から首を突っ込んできた。

「被疑者の青年を、あんまり厳しく罰しないでくれっていうお願いの手紙」

「被疑者って誰?」と芳子。

「やあね、お母ちゃん。犯人のことよ。つまり、旦那《だんな》さんを殺された奥さんが、犯人に罰を与えないでほしいって頼んできたってこと? そんなこと、あるの?」

温子が目を見開いた。

「まあ、殺したっていうか、これは交通事故だから、殺意はないケースだけどね。だからたとえば、父さんが車に撥《は》ねられて死んじゃったあと、その車を運転していた男を、母さんが許してあげてくださいって検察に頼んできたみたいな話」

凛々子は家族にもわかりやすいよう、かみ砕いて説明する。話しているうちに、だいぶ酔いが醒めてきた。自分でも呂律《ろれつ》が回り始めているのがわかる。

「なんで許してやんなきゃいけないんだよ。なあ、お前、そんな男、許すか、普通」

浩市が芳子を振り返ると、

「そうだねえ」と芳子は腕組みをして、

「男によるねえ。いい男だったら、許しちゃうかもしれないねえ」

「おい、そりゃ、ないだろう、ええ？」

浩市が声を荒らげた。

「で、その犯人は、いい男なのかい？」

祖母の菊江が割り込んだ。

「いい男っていうか、たしかに深く反省しているし、礼儀正しくて、そのおばあちゃんのとこに何度も通って頭を下げて。だからおばあちゃんも気の毒に思ったんだろうね」

「その人って、新入社員なんだよねえ」

妹の温子が思い出したように言った。

「会社に入ったばかりで、牢屋《ろうや》に入っちゃったら、人生、おしまいだね」

「そうだなあ。そりゃ、間違いなく会社はクビだろうなあ。再就職ったって、今の時代、なかなか難しいだろうしなあ」

「この不景気じゃねえ」

白衣の家族がそれぞれに腕組みをして考え込んでいる。

「あたし、思うんだけど」

温子が顔を上げ、何かをひらめいた発明家のように語気を強くした。

「検事とか警察の仕事ってさ。悪い人を捕まえて罰を与える役割もあるんだろうけどさ。悪い人を更生させて社会に戻すって任務もあるんじゃないの？」

「そりゃ、まあ、そうだね」と凜々子。

「じゃあさ。本人が反省してて、遺族が許してるなら、あとは更生できるように検事が手を差し伸べてあげたほうがいいんじゃないの？」

「いいこと言うねえ、ハルちゃん」

祖母の菊江が温子の肩をポンと叩《たた》いた。

「だって可哀想じゃないか。あたしはそのおばあちゃんの気持、わかりますよ。いつまでも恨んでたって、死んじゃった人間は戻ってこないからねえ。その青年がいい人なら、その青年の人生を考えてあげたくなるのが人情ってもんじゃないのかい」

「そうねえ。あたしもお義母《かあ》さんと同じ意見だわ」

「おい、なんだよ、お前ら。なんか亭主が死んでも、ちっとも悲しくないって顔しやがって」

「そういうこと言ってんじゃないんだよ。浩市も僻《ひが》みやすいねえ」

「そうよ。お父ちゃんだって、もし息子が誤って人を撥ねちゃってさ、どんなに反省してもお詫《わ》びしても、生涯、世間様から前科者扱いされたら、生きていけないよ」

「息子がいないから、よくわかんねえけどさ。そりゃ、罪を犯した側の悲劇ってのも、ないわけじゃないだろうしな」

電話が鳴った。芳子が出る。

「はい、竹村豆腐店でございます。あ、申し訳ありません。はい、今、作っているところで。はい、八時までにはなんとか。毎度ありがとうございます」

たちまち家族が散らばった。作業が遅れてお客様を待たせるわけにはいかない。ボイラーの音が唸《うな》り出し、温子と浩市の表情が仕事モードに変わった。

そのすきに、凜々子はこっそり二階へ上がった。部屋に入り、二段ベッドのはしごを登る。パジャマに着替えるのも面倒なので、上着とパンツとシャツとストッキングを脱いで、下着姿のまま横たわる。どっと疲れが出た。カーテンの向こうはすっかり明るくなっている。凜々子は目覚ましをセットして、目を閉じた。まだあと二時間は寝られそうだ。呼吸をするたび、身体のあちこちにアルコールが残っているのを感じる。

断片的に記憶が蘇《よみがえ》る。朋美に連れられていった飲み会には、驚くほどの美人弁護士が一人いて、同席していた男ども五人全員が、明らかにのぼせ上がっていた。髪を栗色に染め、セリーヌだかシャネルだか知らないが、有名ブランドものらしきレース衿《えり》のミニスカートスーツを身にまとい、常に身体を斜め三十度にねじって話をする女だった。仕事場でもあんな恰好《かっこう》で依頼人と話をするのだろうか。どこで獲得した武器だろう。商売を間違ったんじゃないか。凜々子は呆《あき》れた。

そのうえ彼女は無類の酒飲みときている。色っぽい目つきで一人一人を睥睨《へいげい》し、「さあ、飲みましょ！　一気よ！」と、紹興酒で何度も乾杯を促して、誰が先につぶれるかを競い合わせて喜んでいた。彼女のせいだ。凜々子はむかつく胃のあたりをさすりながら唸った。二十五年間の人生でワーストテンに入る深酒となってしまった。しかし最後は凜々子も意地になっていた。あの女にだけは負けたくない。もはや仕事について相談を持ちかけるどころの状況ではなくなった。

そういえば、朋美はどうしていただろう。飲み会が始まった頃は凜々子の隣に座っていたが、会が盛り上がるうち席が入り乱れ、最終的に彼女が誰と話していたか、どうやって帰ったか、知らない。

「凜々子さんも、強いっすねえ」

誰かに褒められたかすかな記憶がある。たしか神蔵守とかいう名前だった。変わった名前だと思ったので凜々子は覚えている。神の蔵と書いて「かんぞう」、自分は神様の蔵を守る使命を負っているんだと、わけのわからない自慢をしていたが、なに言ってるんだか。そんな名前なら、まず自分の肝臓でも守ってろと言ってやりたいくらい、その男もかなり飲んでいた。店を出るときに、そのカンゾウマモルがすり寄ってきて、いつのまにか凜々子の腰に手を回し、耳元で「ねえ、ホテルに行かない？」と囁《ささや》いた。たちまち凜々子は我に返った。バッカじゃないの。凜々子は素知らぬふりをしてタクシーを拾うと、後ろから乗ってこようとする神蔵のお腹に肘鉄《ひじてつ》をくらわせた。よろけた神蔵を路上に置き去りにし、無理矢理ドアを閉めてやった。その場面だけ、凜々子は鮮明に覚えている。

「あーあ。結局、誰も役に立たなかったじゃないかあ」

目を閉じたまま、凜々子は考えた。どうすればいいのだろう。

交通部長による決裁の日が訪れた。凜々子は交通部の指導検事である大越高雄に打診して、その反応を見てから部長室の扉を叩くつもりであった。しかし大越は忙しいのか、なかなかつかまらない。しかたなく約束の時間になったので、覚悟を決めて自分の部屋を出た。

さいたま地方検察庁のような規模の大きい検察庁においては、複雑な事案や重要な案件の場合、その地検のトップ、すなわち民間会社の社長にあたるところの検事正の決裁が必要となるが、それ以外の案件については、各部署の部長の決裁で済まされることが通常だ。

「そうだなあ」

佐々木部長は凜々子から差し出された書類に目を通しながら、凜々子の報告をひと通り聞き終えると、ズボンのポケットに手を入れたまま、頬を膨らませて大きく息を吐いた。佐々木は、ヒールを履いた凜々子と同じぐらいの背丈しかなく、決して大柄とは言えないが、なぜか大物のオーラをたたえた男である。そばにいると緊張すると同時に不思議と心が落ち着く。

「で、君の結論としては？」

「私の結論としては、略式請求、罰金百万と判断しました」

凜々子は佐々木の机の前に立ち、まっすぐ前を向いたまま、言い切った。

「公判請求はしないということだな」

「はい」

「被害者は死亡しているが」

「はい」

「なぜ、そう決めたのかな？」

「一つには、被疑者の反省の度合いが十分に深いこと。事故後の対応に誠意が見られたこと。そして、遺族からの嘆願書が有力な材料となりました」

「それは、同情したという意味かい？」

「いえ、違います。罪を犯した人間に対して、たとえ同情したい気持になっても心を鬼にして刑罰を与えなければならないのが検事の大事な仕事と承知しております。しかし、同時に罪を犯した人間をできるだけ早く更生させ、社会に復帰させるのもまた、検事の仕事と認識しております。そのことを念頭に置き、被疑者の心情、事故後の対応ぶり、そして遺族からの嘆願書の内容、さらにその嘆願書によって初めて明らかにされた、被害者が横断歩道を赤信号時に渡っていたという事実など、過失の大小、結果の大小、あらゆる点を総合的に鑑《かんが》みて、決断いたしました。さらに、本件においては被疑者の更生に期待をかける余地があると判断し、ひいてはその請求により、検察の一般社会における必然性をより広く知らしめる一端になるのではないかと思った次第であります」

佐々木部長は黙って凜々子の説明を聞き終えると、かすかに口元を緩めた。

「おう。入れよ」

佐々木部長が入り口のほうに視線を向けたので凜々子が振り返ると、ドアの外に大越高雄の姿があった。

「なんだ、可愛い後輩のことが心配か？」

佐々木部長がからかった。

「別に心配なんかしてませんよ。別件で佐々木部長に用があって来ただけですから。そちらが済んでからでけっこうです」

そう言いながら大越はのそのそと部屋に入ってきた。

「今、終わった。立派な報告を聞かせてもらったよ」

その言葉を聞いて、それまでがちがちに固まっていた凜々子の身体が、塩をかけられたナメクジのようにとろけそうになった。

「そりゃよかった。で、結論は？」

「略式請求だ」

佐々木部長が凜々子のファイルを閉じた。

「略式請求、ですか」

大越が繰り返した。

「ああ。単純なようでこの事故は、なかなか考えさせられるものがあったようだな。まあ、妥当な結論だと思うよ」

大越がニンマリした。

「そりゃ、よかったっす」

「まあ……」

佐々木部長が凜々子のほうに向き直る。

「竹村さんも、これからだな」

「は？……」

凜々子は佐々木部長の言葉の意味がわからなかった。何か訂正すべきところがあるのなら、はっきり指摘してほしい。しかし佐々木はそれ以上、何も言わず、指先で書類をぺらぺらめくって遊んでいる。

「まあね。竹村さんは根が真面目ですから。そこをこれから、どう硬軟取り混ぜて、物事を見られるようになるかってところが鍵《かぎ》ですかねえ」

大越検事が口を添えたので、凜々子はとうとう黙っていられなくなった。

「あの、私、そんなに融通利かない女なんでしょうか」

二人の男がちらりと顔を見合わせた。続いて佐々木部長がおもむろに凜々子を見つめ、静かに語り出した。

「君もよくわかっていると思うけど、検察官の仕事というのはね、成長を待っている暇がないんだ。一つ一つの事案に人の命と人生がかかっている。一度たりとも、一瞬たりとも、いい加減にはできない。思い込みすぎてもいけないし、思慮が足りなくてもいけない。そういう真剣勝負の連続なんだ。だから緩急よろしきを得て、これからもあらゆる経験を肥やしにして仕事に臨んでもらいたい。これからますます忙しくなるぞ」

鋭い目でそれだけ言うと、大越のほうに向き直ってようやく笑顔を見せた。

「で、おたくの用件ってのは、なあに？」

「あ、仕事じゃないんですけどね」

「なんだよ」

「今度の地検対抗コンペにですね、部長のクラブ、貸していただけないかと思って」

「俺のクラブ？　駄目だよお。俺だってコンペに出るんだぞ」

「そりゃわかってますけど。だって部長、もう一本、気に入ってるの持ってたじゃないですか。そっちで出てくださいよ」

「なに言ってんだよお。じゃ、俺の古いのを貸してやるよ。そっちで出ろよ」

「ううう、ケチぃ」

二人のゴルフ談義を聞きながら、凜々子は佐々木の言葉を反芻《はんすう》していた。一つ一つの事案に人の命と人生がかかっているなんて、そんなこと、私だってわかっている。いい加減にこなそうなんて思ったことは一瞬たりともなかった。この事案に取り組んでいる間じゅう、思えば眉間《みけん》に皺《しわ》が寄りっぱなしだったような気がする。それがいけないというのなら、朋美のようにもっと心を広く持てということか。どうして私だけが、いつも余裕がないように見られるのだろう。真面目でなにが悪い。それとも、真面目だけでは足りない何かがあるのだろうか。凜々子には、自分に足りない何かが何であるのか、まだよくわからなかった。

第三章　どうせ私はダメダメの、ダメ女ですよ

　男は手錠のかけられた両手を身体の前に突き出して、ゴム草履の音をパタパタ言わせながら外股《そとまた》歩きで入室してきた。青いジャージーのズボンをはき、上は、もはや十月も末だというのに白いTシャツ一枚だ。背はそれほど高くない。百六十五センチくらいだろうか。痩《や》せているわりに肩幅は広く、全体的に骨張った印象である。凜々子を一瞥《いちべつ》すると、同行してきた戒護員に促され、机を隔てた凜々子の真正面のパイプ椅子に座り込んだ。

「ほら、検事さんの前で、もう少し背中を伸ばして座らんか」

　戒護員が男の肩を軽く叩《たた》いて小声で注意する。男は面倒臭そうに、しかし抵抗する様子はなく、足を伸ばしてふんぞり返っていた姿勢を少しだけ直して背を立てた。戒護員は腰にぶら下げていた小さな鍵《かぎ》を取り出して、男の両手から手錠をはずし、はずした手錠の輪っかの片方を椅子に引っかけて、さらに男の腰に巻かれている縄も椅子

の後ろに巻き付けた。

「ではまず、人定確認をします」

　準備が整ったところで凜々子が質問を始める。その瞬間、首を傾げて無気力そうにしていた男が、目玉だけを素早く動かし、凜々子をキッと睨《にら》んだ。まるで獲物を見つけた猛獣のごとき素早さだ。つい、凜々子は男から目をそらし、資料に視線を落とした。

　しまった……。凜々子は内心で呟《つぶや》いた。被疑者から絶対に目をそらしてはいけない。先輩検事に幾度となく言い聞かされてきた教えだった。凜々子はミスを挽回《ばんかい》すべく、すぐさま顎《あご》を上げて男に向き直った。

「名前、生年月日、住所、職業を言ってください」

　返事はない。相変わらずふてくされた態度であらぬ方向を向いている。もはや凜々子を見ようともしない。凜々子は答えを待つ。男の口元がかすかに動いた。何か言い出すかと思ったら、口を半開きにして顎を動かし始めた。左右、上下、斜め。いろいろ動かして、手錠から解放されて自由になった片手を顎の下まで伸ばし、えらのあたりをさすったり掻《か》いたりする。顎関節症《がくかんせつ》でも患っているのか。それとも単に時間つぶしをしたいのか。

「答えたくないなら、その理由を述べてください」

凜々子は低めの声でそう言って、じっと男を見つめた。白いTシャツの袖《そで》の端から龍の頭のような模様の青い刺青《いれずみ》が覗《のぞ》く。よく見ると、首の後ろあたりも青くなっている。もしかしてこの龍は、背中から腕にかけてずっとつながっているのだろうか。最初に凜々子が視線をそらしてしまったのは、この刺青のせいもある。これほど大きな刺青を見たのは初めてだ。瞬間的にびびったのは嘘ではない。しかし、もう目をそらすものか。凜々子は男の反応を待った。後ろに控える戒護員も、凜々子の斜め前に座る立ち会いの事務官も、静かに事の成り行きを見守っている。聞こえるのは窓の外に響くカラスの鳴き声だけだ。すると、突然、男が沈黙を破った。

「そこに書いてあんじゃないんっすか」

「ん?」凜々子が聞き返す。投げやりな喋《しゃべ》り方なのでどうも聞き取りにくい。年恰好《としかっこう》に似合わぬしゃがれ声である。

「だから、そこに書いてあんなら、いちいち言わなくたって、わかってんでしょってこと」

顎を突き出し、ぶっきらぼうに言ってのけた。が、凜々子は動じない。

「書いてあることとあなたの回答が一致するかを確認するための決まりです。名前、生年月日、住所、職業。自分の言葉で述べてください」

男が肩をぴくりと上下させ、鼻先で一つ笑った。

「めんどくせーお決まりなんすねえ、おねーちゃん」

おねーちゃん？　凜々子はカチンときた。女だと思って馬鹿にしている。部屋に入ってきたとたん、凜々子を見て一瞬、口元が緩んだのはそのせいだろう。女相手なら楽勝だ。簡単にかわせると思ったに違いない。凜々子は高速で頭を巡らせた。手元の資料をめくる。答える気がないのなら、方向転換をしなければならない。

「では私から言いますので、間違いがあったら指摘してください。まず、名前は林和志《はやしかずし》。平成元年六月四日生まれ。二十二歳。住所は、不定？」

凜々子は上目遣いで男の様子を窺《うかが》う。が、男はそっぽを向いたままである。

「住所不定というのは、普段はどこに寝泊まりしているんですか」

「さあ」

「友達の家とか、公園とか……？」

男は首を勢いよく左右に傾げて、コキコキ音を立てた。

「それとも組の事務所とか？」

その言葉に反応するかと思ったが、男は目を閉じたまま、コキコキを続けている。

「極港会《きょくこう》の組員になったのは十九歳のときですね」

凜々子はあえて、静かに尋ねた。声のトーンを変えず淡々と尋問することが、相手に隙を与えない有効な手段であると、凜々子はこれまでの取り調べ体験で自ら学んでいた。感情を殺す。先入観を持たない。不用意に相手の敵愾心《てきがいしん》をあおらない。凜々子は心のなかで呪文のように唱えてみる。唱えておかないと、自分の不安と苛立《いらだ》ちが顔に表れそうで怖かった。

回り道をするのはやめよう。のらりくらりとかわされるだけだ。凜々子は単刀直入に案件の本質へ迫ることにする。

「今回の恐喝未遂、逮捕監禁、殺人未遂事件において、極港会の組員七人で犯行に及んだ。間違いないですね」

すると、男がたちまち目を細めて眠そうな表情を凜々子に向けた。

「俺、ぜんぜん関係ないんっすよ」

「え?」

思わず凜々子は問い返した。話が違う。最初に凜々子がこの事件の取り調べに指名されたとき、上司の小川英夫《おがわひでお》刑事部長はこう言ったはずである。

「さほどややこしい案件じゃない。いわば暴力団の内部抗争だから話は単純だ。ただ、被疑者が七人いるからな。取り調べに手間がかかるかもしれん。竹村君には、安本《やすもと》検事の助っ人として被疑者二名を担当してもらいたい。うち一人はすでに警察で自白しているから、手こずる心配もないだろう。よろしく頼む」

凜々子は検事になって四年目を迎えていた。最初の一年はさいたま地検、続く新任明けに地方の小規模な地検に回される。凜々子は水戸地検に二年勤めた。その後再び大きな検察庁に戻ってくるのが通例である。これをA庁勤務という。東京在住の凜々子は、A庁勤務として横浜地検と東京地検で一年ずつ働くことになった。

　そのA庁勤務前半の横浜地検に来て半年が過ぎた頃のことである。先輩検事の助っ人とはいえ、生まれて初めて暴力団事件を扱うことになったのだ。

　事件の概要はこうだった。

山城《やましろ》組系暴力団、極港会が抱えていた株のブローカー、柏崎五郎《かしわざきごろう》が極港会会長の猪《いの》熊伸次《くましんじ》から株の売り上げ金一千万円を騙《だま》し取り、そのうえ、組員数人から計百二十万円の借金をしつつも返済せずにいた。業を煮やした猪熊が若頭の加藤卓治《かとうたくじ》に指示して柏崎を脅し上げたところ、柏崎は、金を貸している知人から一週間後にまとまった金が返ってくる予定なのでそれまで待って欲しいと願い出る。いったんは柏崎を解放し、返金の日時を決めて待つことにした猪熊だが、約束の日の夜中になっても柏崎から連絡がない。同人の携帯電話も通じない。騙されたと思った猪熊は、組員六人（加藤卓治、菅井一正《すがいかずまさ》、荒川宏典《あらかわひろのり》、佐藤義則《さとうよしのり》、林和志、渡辺豪太《わたなべごうた》）とともに柏崎の居場所を探り当てる。午前三時すぎに柏崎の知人が経営する韓国パブで柏崎を逮捕すると、本牧《ほんもく》ふ頭の裏の時間貸し駐車場に連行し、同駐車場において柏崎の腹部や胸部など多数回足蹴《げ》りするなどの暴行を加える。そのあと柏崎を車のトランク内に押し込んで組事務所に連行、不法に監禁し、床に正座させて組員六人（加藤卓治、菅井一正、荒川宏典、佐藤義則、林和志、渡辺豪太）で取り囲み、二時間近くにわたって同人の腹部、腰部、胸部等を多数回殴打、足蹴りを繰り返す。気を失った柏崎を確認すると、猪熊の指示により、山下町《やましたちょう》の小林外科病院の付近に運んで路上に放置したもの。度重なる暴行のため、柏崎は全治二ヶ月半の重傷を負った。

凜々子は質問を続行した。

「しかし、あなたは警察に逮捕された直後、刑事さんに、自分たちがやったことに間違いないと、話したんじゃないんですか。関係ないということはないでしょう」

「だからそれは、警察に無理矢理、言わされたんっすよ。俺、なんも、やってませんって」

「でも、現場にはいましたよね。何をしていたのですか」

「現場？　なんっすか、現場って」

「本牧ふ頭の時間貸し駐車場と極港会組事務所の二ヵ所において、被害者に暴行を加えましたね」

「駐車場？　行ってないすよ、俺」

「じゃ、組事務所には……」

「外」

「外って?」

「外で待ってろって言われて、通りでふかしてただけなんすよ」

「ふかしてたって、何を?」

「タバコに決まってんじゃないっすか。カマかけんの、やめてくださいよお。ヤクとかって言わせたいわけっすか? 俺、もうヤクからはとっくに足洗ってますから。前にヤクで捕まって、あれ以来、もうこりごりっすよ。やだなあ、検事さん、知ってるくせに」

男の薄い唇が横に広がって、黄ばんだ小粒の歯が見えた。その不揃いな歯並びを見れば、薬物を常習していることは明らかだ。凜々子は黙って男を見つめる。睨《にら》んではいけない。淡々と、有能なロボットにでもなった気持で一挙一動を観察する。男は凜々子の質問に乗ってきたところだ。このチャンスを逃してはならない。しかし、次にどちらの方向へ質問を進めていいか、迷う。凜々子は後ろに束ねた長い髪の毛のゴムをはずし、もう一度、きつく束ね直す。凜々子の困惑を見抜いたか、男の態度に余裕が出てきた。足を大股《おおまた》に広げ、ふんぞり返ってニヤニヤしている。

「検事さんも、案外、負けず嫌いっすか。そんなに勝ち気じゃ、嫁に行けないっすよ。嫁、行ってないっしょ。その顔は、まだだな」

男が凜々子を茶化した。

「外で待っていろと指示したのは誰ですか」

凛々子は男の言葉を無視して質問を続ける。嫁に行こうが行くまいが、余計なお世話だ。だいいちコイツは私よりずっと歳下ではないか。こんなガキにそんなことを言われる筋合いはない。と、興奮してはいけない。喉《のど》が渇いてきた。凛々子は何度もツバを飲み込みながら、シラを切る男の顔を見つめて反応を待つ。一分待ってみたが返事がないので、同じ質問を繰り返す。

「外で待っていろと指示したのは、誰なんですか」

男はしばらくのち、あくびをしながら、「知らねーっすよ」と気の抜けた声を出した。

「でも、指示されたんでしょう」

「だから俺、なんも関係ないんすってば」

「じゃ、なんで警察では自分たちがやったと言ったのですか」

「だからさあ。無理矢理言わされたんだって。刑事の脅しは怖いっすからねえ。やくざより怖い人、いっぱいいますから。やってないことまで、やったことにされちまうからさ。ねえ、検事さん、助けてくださいよぉ。冤罪《えんざい》なんて作りたくないっしょ?」

「否認されたのか」

小川英夫刑事部長が浮かぬ顔で凛々子を見上げた。

「はい……」

認めたくなかった。しかし事実だからしかたがない。

「まあ、なめられたってことだな」

凛々子は小川部長のデスクの前に立ったまま、何も言い返せない。悔しかった。こんな失態を取り調べに立ち会った事務官や被疑者に同行した戒護員の前で晒《さら》したことも、恥ずかしかった。

「交代するか」

交代とは、戦線離脱を意味する。

「それは、嫌です」

凛々子はきっぱり断った。

「うーん、しかし、初日になめられると、あとが手間取るぞ。あっちだって命がけだ。簡単には折れてこねえだろう」

小川の顔に、かすかな同情の色が浮かぶ。凛々子は部長から目をそらした。窓際の花瓶に活《い》けられたコスモスが何輪も、たおやかな細い茎をしならせて咲き誇っている。コスモスがうらやましい。黙って咲いているだけで誰をも幸せにできる。人を幸せにしようという意図がなくても、必死に努力しなくても、人を喜ばせることができる。

単に咲いていればいいのだ。

「どうする？」

小川部長の声に、視線を戻す。凜々子は唇を嚙《か》み、数秒間考えたのち、答えた。

「いえ、このまま続けます。必ず林に、本当のことを喋《しゃべ》らせてみせます」

「そうか」

小川部長はもはや凜々子に同情も心配も寄せていないように見えた。さりとて、よし、頑張ってこい、という励ましのトーンでもない。ごく事務的に、これで終了とでも言いたげな冷ややかな、ところどころにシミのある白い顔で頷《うなず》いた。

「では、失礼します」

凜々子は部長室を辞した。廊下を進み、階段を下りる。エレベーターを使って誰かと顔を合わせるのが嫌だった。一階のロビーに降りると玄関の守衛さんに会釈をし、そのまま外へ出た。

横浜地方検察庁の建物から海に面した山下公園までは、歩いてほんの十分足らずである。あちこち黄色くなりかけた銀杏《いちょう》並木の続く通りの左右には、かつて日本の玄関として栄えた頃の港町横浜の名残と思われる歴史の香り漂う立派な建物が立ち並ぶ。日本銀行横浜支店、横浜地方裁判所、県庁本庁舎、横浜開港資料館……。横浜地検に着任したばかりの頃、凜々子は胸を躍らせていた。自分の生まれ育った築地《つきじ》界隈《かいわい》とはまるで趣が違う。同じ海に面した町なのに、どうしてここはこれほど異国情緒に溢《あふ》れているのだろう。まるでヨーロッパの古い港町に来たようだ。赤煉瓦《あかれんが》の建物のせいか、広々とした歩道のせいか、人々の歩くペースがのんびりしているせいか、それとも街路樹が高いせいか。町の動きのすべてにゆとりが感じられる。ここに一年間、通うのかと思うと、自《おの》ずと心が浮き立った。いい仕事ができそうだ。よし、この町で爆発してやるぞ。凜々子は断然、やる気に燃えた。

道を行き交う楽しげな若者たちや、いちゃつくカップルを見送りながら、凜々子は六ヶ月前のことを思い出していた。あれほど自信があったはずなのに、この体たらくはなんだろう。今、この瞬間においては自分が世の中でもっとも駄目な人間に思えてくる。

最初に目をそらしたのが間違いの始まりだった。凜々子は林和志の顔を思い浮かべた。思えば林が部屋に入ってきた直後から、なめられていたのかもしれない。そのことにもっと早く気がついて、強気に出るべきだった。しかし、なぜ林は否認する作戦に出たのだろう。どこの段階で否認を通せると判断したのだろう。

気がつくと、凜々子は山下公園のなかに足を踏み入れていた。ベンチに座り、お喋りに興じるおばあさんたち。犬にフリスビーを特訓している男性。不器用な犬だ。何度やっても上手にくわえることができない。巨大なシャボン玉が凜々子のそばを通過していった。後ろから幼い子供たちがキャッキャと歓声をあげながらそのあとを追う。バスケットボールほどの大きさの球体は、ゆがんだりくぼんだり、はるか彼方《かなた》の海の光を虹《にじ》色に反射させ、風に乗ってのんびり飛んでいく。シャボン玉の出所は、若い女性だった。ポチャポチャした腕を思い切り伸ばして、ピンク色をしたプラスチックの輪っかから次々に透明なシャボン玉を作り出している。幼稚園の先生だろうか。優しい顔をしている。幼稚園の先生になっていたら、私だってもう少し穏やかな性格になれたかもしれない。

「おーい」と、前方から声がした。手を振りながら駆け寄ってくる男の姿がある。凜々子は振り返ったが、後ろには誰もいない。ということは、私が呼ばれてるの？と、再び前を向いた次の瞬間に、息を弾ませた男が凜々子の横に立っていた。

「よっ」

会いたくない男に会ってしまった。

「なんだ、コートも着ないで、寒くないの？　僕のマフラー、貸してあげるよ」

男は自分の首に巻いていたマフラーをはぎ取ると、凜々子の長い髪の毛の上にひっかけた。

「いらないから」

凜々子は露骨に嫌な顔をしてマフラーを肩からはずす。コイツの前で機嫌良くなれるわけがない。初めて会った瞬間から、いけ好かない男だと思っていた。なのに、どうしてコイツと同じ地検に配属される運命になったのだろう。春先に同期の柴口朋美から、「凜々子、今度、横浜地検に異動、決まったんだってね。神蔵君と一緒みたいよ。神蔵君、すっごい喜んでたよ。ちなみに私は東京地検公判部に決まった。そんな遠くないからまた遊ぼうね♡」というメールが届いたときは一瞬、目の前が真っ暗になった。しかし、嫌いなヤツがいるという理由で異動拒否を申し出るわけにはいかない。まあ、同じ場所に通うことになっても横浜地検はそれなりに規模が大きい。建物は九階建てだ。そうそう会うこともないだろう。できるだけ避けて生きて行こう。そう思ったのに、なぜか凜々子はこの男と、思いもよらないところで頻繁に出くわす。

「お昼は？」神蔵守が凜々子に聞いた。

「もう済ませました」凜々子は嘘をつく。

「じゃ、お茶でもしない？　ホテルニューグランドのカフェ、行ったことある？　あそこのプリン・ア・ラ・モード、旨《うま》いんだよなあ」

窓際の、ボックス席のようなコーナーで小さなテーブルを挟んで、凜々子と神蔵守は向かい合っている。なぜ神蔵守の誘いに易々と乗ってしまったか。それは、プリン・ア・ラ・モードを無視できなかったせいである。凜々子は子供の頃からプリンに弱い。「プリン」という言葉を聞いたとたん、自制心を失う。

「ね、旨《うま》いだろ、ここのプリン。濃厚なのに、いばってないの」

うまいことを言う。たしかにしっかりとした味だが、これみよがしな感じがない。

神蔵守の言葉に心の中では激しく同意していたが、言葉には出したくない。凜々子は興奮している自分の気持をできるだけ表に出さぬようゆっくり頷いて、コーヒーカップを手に外の景色に目をやった。

「否認されたんだって？」

神蔵の声が、船の汽笛と重なった。凜々子は思わず神蔵の顔に視線を戻す。

「なんで知ってんの」

我ながらドスの利いた声が出てしまったと思ったが、それほどに驚いたのだ。

「え？　だって、みんな知ってるよ」

神蔵がおどけてみせた。凜々子はうんざりといった顔でまた外を見る。

「竹村さん、大変だねって、みんな心配してたよ」

「みんなって、誰のことよ」

「みんなってつまり……、僕とか、俺とか、私とか、神蔵君とか？　あら、全部、僕でしたね。ハハハ」

凜々子にはこの男を嫌いな理由がもう一つあった。髪型だ。真ん中分けにした黒光りするほど太くて丈夫そうな前髪が、異様に長くて不気味。そのくせ後頭部はほとんど五分刈りに近い短さだ。どこの美容院でこんな変なカットをしてもらうのだろう。本人は気に入っているらしく、しきりに前髪をいじりたがる。そんなに自分が愛《いと》しいか。

「でもさ、一度否認されたって、ぜんぜん問題ないよ。だってチンピラだろ。だいたいやくざは下っ端のほうが態度でかいからな。でもいったん弱みを握ったら、コロッと大人しくなるんだ。弱みさえ見つけりゃこっちのもんさ」

「弱みって？」

「それは、凜々子ちゃんがこれから見つけるんだよ。記録を精査するとか、警察に協力してもらうとかしてさ」

アドバイスとしては助かるが、「凜々子ちゃん」と呼ばれることについては、はっきり「拒否」だ。

「そうね……」

凜々子はちらりと神蔵の顔を見た。

「あのさあ」と神蔵が目の前のコーヒーカップを脇にどけ、テーブルに両肘《りょうひじ》を載せて前のめりになった。

「そんな怖い目で睨《にら》まないでよ。ま、そういう勝ち気なとこが凜々子ちゃんの魅力ではあるんだけどさ。せっかく同じA庁で一緒になったんだし、そろそろ打ち解けてくれても、いいんじゃない？」

神蔵がまた前髪を中指でとかし、その反動で頭を勢いよく後ろに反らした。

「だって横浜に来てもう半年過ぎたんだよ。初めて会った日から勘定したら、もう三年以上経ってんだからさあ。凛々子ちゃんって、けっこう根に持つタイプ？」

凛々子はますます不機嫌になる。その「初めて会った日」のことが問題なのだ。さいたま地検にいたとき、朋美に誘われて行った飲み会で、この軽薄男と会ったのだった。帰り際、凛々子の腰に手を回し、ホテルに行こうと囁《ささや》いたのは、いったい誰なんだ。

「わかってるよ。悪かったと思ってます。前にも謝ったじゃん。でも僕、あんときマジ、凛々子ちゃんと二人だけでお話ししたかったんだもん」

「お話し」じゃないだろうが。凛々子は心のなかで罵倒《ばとう》する。プリンの誘いに乗っておいてナンだけれど、誰がこんな下品な男の誘いなんかに乗るものか。凛々子は腕時計に目をやる。そろそろ仕事場に戻る時間であることをこの男にもわからせなければならない。

「わかってるよ。あと二分きっかりで僕の話はおしまいにするから」

察しはいい。まんざら馬鹿な男ではないらしい。ならば二分間だけ我慢してやろう。

「正式に、僕と付き合ってほしいんですけど、ダメ？」

「駄目」凛々子は即答する。

「ちょっと答えるの早すぎんじゃないの？　じゃさ、仕事の上での無二の親友ってことで、とりあえず。何でも協力する。できるかぎりの援助をするから、ね！」

「とにかくもう私、仕事場に戻らないと」

凛々子は席を立った。これだけつれなくしておいてご馳走《ちそう》になるのは気が引けたが、誘ってきたのは神蔵のほうである。財布を出してレジへ向かう神蔵守を残し、凛々子はさっさとカフェを出た。


今回の恐喝未遂、逮捕監禁、殺人未遂事件（便宜的に「極港会恐喝未遂事件」と呼んでいる）を担当している神奈川県警の刑事部組織犯罪対策本部暴力団対策課の畑中《はたなか》勝一《かついち》刑事が凛々子を訪ねてきたのは、林和志の取り調べを始めて二日後のことである。

「アイツ、否認しやがったそうで。検事さんにはご苦労かけてますなあ」

畑中刑事は持参した関係資料や追加の供述調書のコピーファイルを段ボール箱から取り出して、大げさに首をひねった。

「私の前では、あっという間にゲロったんですけど、なんで検事さんの前でそんな反抗的な態度、取るかなあ」

どす黒く焼けた顔。溶岩のようにでこぼこした肌。被疑者の林和志と並んだら、どちらが暴力団か区別がつかないかもしれないと思うほどに迫力のある風貌《ふうぼう》だ。家ではどんなお父さん顔をしているのだろう。歳の頃は五十代前半か。ベテラン刑事らしく、身体中から「どっからでもかかってこい」オーラがほとばしっている。

「まあ、若い女性検事さんはだいたい最初はなめられますから。そんなもんですよ。べっぴんさんに生まれた宿命でしょうなあ。その結果、尻《しり》ぬぐいは全部こっちが負わされるってだけのことでね」

態度も言葉も丁寧で、ときおり笑顔も浮かべるが、明らかにこの人は私に対して怒っている。畑中刑事の冷徹な目つきを見るうち凜々子は気がついた。刑事にしてみれば、せっかく警察で言質を取ったにもかかわらず、頼りない検事のおかげでまた一からやり直しだと、腹を立てるのも無理はない。

「だからって、ここからは検事さんにも精一杯、頑張ってもらわないと。こちらの苦労が水の泡ですから。ねえ」

畑中刑事はおでこに皺《しわ》を寄せ、困った顔をしてみせた。

「あの……」凜々子が思い切って口を開いた。

「林和志の生い立ちを、もう一度ちゃんと洗いたいんですが……」

「はあ?」畑中刑事が小さな目を見開いた。「生い立ちを洗うって、検事さん、ヤツの経歴、もうとっくにご存じでしょうが」

「書類上では把握していますが、実際にどんなところで育ったのか、見ていないんで」

「はあ、はあ、ははあああ」

畑中刑事は立ったまま、手と足を細かく震わせて貧乏揺すりを始めた。

「刑事さんには再三ご足労をおかけすることになって申し訳ないとは思うんですけど、ご案内いただけないでしょうか。彼が子供時代に遊んでいた界隈《かいわい》とか、学校とか」

「ま、そうですなあ。それが検事さんの取り調べの助けになるっていうなら、お連れするのはやぶさかじゃありませんけどね。はたして参考になるかどうか……」

「助けてください。よろしくお願いします」

凜々子は両手を前に置き、深く頭を下げた。長い髪の毛が、凜々子の身体に沿って一足遅れて畑中刑事に礼をする。

「ま、そんな、検事さんに頭下げられるほどのことじゃないですけどねえ」

畑中刑事は苦虫をかみつぶしたような顔で軽く笑った。畑中刑事が凜々子に好感を持っていないことは承知している。が、今は彼に頼るしか道はない。どんなに嫌がられても、ついていこう。凜々子は覚悟を決めた。

林和志が生まれたのは横浜伊勢佐木《いせざき》町の市営アパートだ。が、三歳のときに両親が離婚して母親が家を出ていったため、中華街に住む伯母《おば》の家に預けられ、中学を卒業するまでそこで育つ。伯母の林麗月《リンレイゲツ》は在日中国人二世で、和志の父親より十七も歳上だったので、和志にとっては祖母のような存在だ。林麗月は早くに連れ合いを病気で亡くし、貿易商だった夫の遺産で、中華街の片隅の古い木造の二階家を買い取り、上を住居、下を八百屋にして暮らしていた。そこに、弟の息子が転がり込んできたのである。

「あそこなんですけどね……」

畑中刑事はレインコートのポケットに両手を突っ込んだまま、路地奥の、今にも倒れそうな間口一間ほどの小さな店を顎《あご》の先で示した。

「子供の頃は、林もそんなにワルではなかったようですね。ここから歩いて十分ほどの山下第三小学校に通って、学校から戻ると店番したり配達に出たりして、伯母さんの手伝いをよくやって、当時は近所でも評判のいい子だったみたいですよ」

「やっぱり……」

凛々子が小さく呟《つぶや》いたのを、畑中刑事は聞き逃さなかった。

「なんですか、やっぱりって」

「ん?」凛々子は畑中刑事に微笑みかけた。

それにしても刑事という動物は、本当にレインコートが好きらしい。今まで凛々子が接した数十人におよぶ刑事のなかでレインコートを着ていなかったのはたった二人だけである。一人は猛暑の水戸で仕事をしたときの刑事。もう一人は、真冬でもすぐワイシャツ一枚になりたがるほどの汗かきだった。刑事のレインコートはたいていがベージュかグレーと決まっている。目立たない色で、できるだけしょぼくれた見てくれのほうが人の懐に入りやすいのだろう。しかし今まで会った刑事の中でも、畑中のベージュのレインコートのよれよれ具合はピカイチだ。袖口《そでぐち》やポケットの端がほつれて細い糸が何本も出ている。襟のあたりは黒ずんで、鼻を近づけたらきっと相当に臭いだろう。

「そんな、可愛らしい顔でニッコリ笑われても……」

畑中刑事が小さい目をしばたたかせた。

「あ、ごめんなさい。ちょっと思い出したことがあったもんで」

「あの店に、なんかニヤニヤしたくなるようないい思い出でもあるんですか、検事さん」

「まあ……。まだ定かじゃないんですけどね」

「ちょっと覗《のぞ》いてみますか？　ばあさん、いるかなあ」

腕時計に目をやりながら畑中刑事が店に近づいていった。凜々子はその後ろについていく。

「こんちはー」

畑中刑事が大きな声で店の奥に声をかけると、まもなく、はあーいという返事とともに、階段をのっそのっそ下りてくる足音がした。

「ああ」

女主人は畑中を認めると、たちまち暗い顔になった。以前にも畑中が林和志の件で聞き込みに来たのだろう。今度は何を聞かれるのかと警戒している気配がある。

「いや、今日はさ、和志の担当の検事さん、連れてきたんだよ。和志の小さい頃のこと、聞きたいって言うからさ。いい子だったんだよな、和志。ほれ、ばあちゃん、話してやれよ、検事さんにさ」

「ああ」と、すでに七十歳を超えていると思われる老女はかすれた声で気乗りのしない返事をした。

「初めまして。私、横浜地方検察庁の検事で竹村凜々子と申します。林麗月さんですね。林和志さんの伯母様にあたられると……」

「あ、まあ……」

小柄な林麗月は凜々子の顔を怪訝《けげん》な目つきで覗くと、腰に巻いたエプロンで手を拭《ふ》きながら、億劫《おっくう》そうに身体をのけぞらせた。茶色い地模様のあるワンピースの上に、ベージュのかぎ針編みのカーディガンを羽織っている。ワンピースの襟は首元で詰まり、襟から斜めに入った切り替え部分は渦巻状の装飾ボタンで留められている。

「それ、チャイナドレスになってるんですね。ステキ」

凜々子が腰の曲がった林麗月の服に手を伸ばして褒めた。

「これ？　こんなもんアンタ、ステキでもなんでもないですよ。もう、ただのボロ」

林麗月は片手をレジの横の棚に乗せ、震える指先で自分の服を叩《たた》いた。節くれ立って曲がった指には、長年の労苦の跡がある。凜々子は店内を見回した。まもなく赤い液体の詰まった瓶を見つけると、

「あ、あれだ。やっぱり、ここだったんだあ」

凜々子は駆け寄って棚から瓶を一つ取り上げると、林麗月のところへ持っていった。

「これこれ。私ね、十年くらい前に、たしかこのお店でこの辣油《ラーゆ》を買った覚えがあるんです。これ、おばあちゃんの手作りなんですよね。そうそう、間違いないわ。同じラベルだったもん。林婆《リンボー》辣油って、ほら」

凜々子はうれしそうに畑中刑事を振り返り、瓶をかざす。

「これがメチャクチャおいしくて。ウチ、豆腐屋やってるんですけど、もうね、母親が麻婆《マーボー》豆腐作ってくれたときは必ずこの辣油を入れて食べてたんです。すっごくおいしくなるの。味があって。辛いだけじゃないんですよね。餃子《ぎょうざ》のときも使いましたよ、これ」

興奮してしゃべりまくる凜々子に圧倒されたか、林麗月はいつのまにかレジの横の木製の椅子に腰を下ろしてポカンと口を開けたままだ。

「で、これがなくなっちゃったときは悲しくて。もう一度、ぜったい買いに行きたいって思ってたんですけど、なかなか横浜に来るチャンスがなくて」

「へえ……。そんなに旨《うま》いんですか。ああ、下に鷹《たか》の爪がいっぱい沈澱《ちんでん》してるわあ」

畑中刑事も感心したように凜々子から手渡された瓶の底を振って眺めている。

「そうなんですよお。このトウガラシがまた、おいしいんだ。甘いんですよ。ねえ、おばあちゃん」

「そりゃ、日本のトウガラシと違うからね。ウチは韓国のトウガラシ使って作ってるから」

「そうなんだ。韓国のトウガラシだったんですか。へえ。よし、今日は二つ、買っていこっと。だってすぐなくなっちゃうんですよ。でもよかったあ。大好きな辣油が健在で」

「じゃ、俺も一つ、買ってみようかな」

畑中刑事がズボンのポケットから財布を取り出そうとしたとき、

「あ、それ、私が払います。だって畑中さんには無理言って連れてきてもらったんですもん。これくらいなら、賄賂《わいろ》だなんて言わないでしょ」

「まあ……」

「じゃ、おばあちゃん、これ三つください」

「はあ、どうもありがとうございます」

林麗月が辣油瓶を三本、おぼつかない手つきで茶色い紙袋に入れる。その間、凛々子は未練がましく店内を歩き回り、ああ、この黄ニラもおいしそう、あ、香菜《シャンツァイ》、うわ、豆苗《とうみょう》もある、などといちいち歓声を上げた。あげく嬉《うれ》しそうに女主人のそばに戻ってきて、

「十年前に来たとき、店の外で男の子たちがメンコか独楽《こま》かなんかで遊んでいた記憶があるんですけど、そのなかに和志君もいたのかしら」

「さあ、いたかもしれないけど。子供の頃は、よくそこらへんで遊んでたからねえ」

麗月はゆっくり首を傾げた。鼻のかたちが心なしか和志と似ている気がする。

「和志君が今、二十二歳だから、十年前は、十二歳ですもんね。それくらいの年頃の男の子だった気がするなあ」

「小学六年生か、中学に入学したばかりぐらいですかねえ」と畑中刑事も指を折り曲げて計算を始めた。

「そっかあ。なんか不思議な気分。そのときの少年と、今、こんなふうに再会するなんて、ね」

麗月が大きく溜《た》め息をついた。

「あの頃は、あの子もよく笑ってたけどねえ。悪い連中とつるむようになってからは、どうにもこうにも手に負えなくなって」

麗月は椅子に座ったまま、両手を上下させ、しきりに顔をこすった。まるで嫌なことを洗い流そうとしているかのようだ。凜々子は代金をプラスチック盆の上に置き、辣油の入った袋を取り上げた。

「じゃ、おばあちゃん、また来ますね。今度は黄ニラとか香菜とか、野菜も買いにきますから」

凜々子の言葉に麗月は黙って頷《うなず》いた。

「大丈夫ですよ。和志君、またおばあちゃんの前で笑えるようになるから。私たちが助けますから。ね、畑中さん！」

「え？　ああ」畑中刑事は不意を突かれて戸惑っている。

「どうぞよろしく、お願いいたします」

悲しそうに頭を下げる林麗月の声に見送られながら、二人は店を出た。

「いいんですか、あんなんで」

「あんなんでって？」

「もっとばあさんに聞いておくこと、あったんじゃないんですか」

畑中刑事の口元がへの字になっている。最初は怖いと思っていたが、よく見ると愛《あい》嬌《きょう》のある顔だ。溶岩肌の間に埋もれた小さな垂れ目は、昔、妹の温子が拾ってきたブルドッグの小犬の目にそっくりだ。結局、飼い主が見つかってその犬は返してしまったので、小犬との付き合いはほんの一週間ほどのことだったが、畑中の顔を見て急に思い出した。凛々子は畑中に笑いかけ、

「いえ。畑中さんのおかげで、林和志のこと、だいぶわかりました。今度はドジらないように頑張りますので。ご心配かけてすみません」

路上に立ち止まり、ぺこりと頭を下げた。

「いや、私は別に、ご心配なんかしてませんけどね。事件が正しい形で解決されればそれでいいだけで。あと、どこに行きます？」

「じゃあ、ちょっと、小学校に寄っていいですか」

「もちろん、もちろん」

畑中がよれよれレインコートの裾《すそ》を翻して凛々子の先を勢いよく歩き出した。

「もしもし」

神蔵守から携帯に電話がかかったとき、凛々子はちょうど畑中刑事と別れて地検に向かって歩いているところだった。日が暮れて急に冷え込んできた。凛々子は右手で

トレンチコートの襟を押さえ、左手で携帯電話を握り、耳を傾けた。

「今、どこ?」

神蔵守の声が弾んでいる。彼の声が弾めば弾むほど、凜々子の心は沈む。

「部屋に戻るとこ」

凜々子は検察庁のロビーに入ってエレベーターのボタンを押す。

「まだ仕事、残ってるの?」

「当たり前よ」

「何時頃、終わりそう?」

神蔵守の魂胆が見えてきた。今日は十一月一日。凜々子の誕生日である。自分でもそれはわかっていた。しかし、そんなことに思いを巡らせる暇もないほど朝から忙しくて、誰からも「おめでとう」などと言葉をかけられることもなく一日が終わろうとしている。もうこの歳になって誕生日などどうでもいい。無視を決め込むつもりでいたが、まさか神蔵に誘われるとは思ってもいなかった。今日が私の誕生日と知って夜を一緒に過ごそうとでも言い出す気か。凜々子は警戒した。でももしかすると、単なる自意識過剰かもしれない。

「わかんない」

凜々子はぶっきらぼうに答えてエレベーターに乗り込む。

「もしもし、もしもし？」

感度が悪くなった。このまま切れればいいのに。そう思って三階で降りると、神蔵守の声がまた耳元に蘇《よみがえ》った。しぶといヤツだ。

「じゃ、仕事終わりそうになったら電話して。待ってるからさ」

「うーんと、期待しないで。仕事に夢中になって忘れちゃうかもしれないから。じゃね」

凜々子は電話を切って部屋に入る。立ち会いの相原《あいはら》事務官はもう帰ったあとだ。机の上がきれいに片付けられている。掛け時計を見ると、すでに六時を回っていた。凜々子はコートを脱ぎ捨てて、林麗月の店で買った辣油《ラーゆ》を袋から出してしばらく眺めると、横のソファに倒れ込んだ。今日はずいぶん歩いた。凜々子はパンプスを脱いで、足の裏をもむ。

十年前、あの店を最初に見つけたのは優希だった。二人ともまだ学生で、ちょうど付き合い始めたばかりの頃である。優希が突然、午後の授業をさぼって中華街へお粥《かゆ》を食べに行こうと言い出した。お粥専門店で凜々子は皮蛋《ピータン》アワビ粥、優希は海鮮粥を注文し、そのとき初めて油条《ユウティアオ》というものを知った。棒状の甘くない揚げパンのようなものだが、ちぎってお粥に入れて食べるのが中国では一般的なのだそうだ。ドロンドロンのお粥に浸すとまもなく麩《ふ》のように軟らかくなり、汁の味が染みこんだ油条の食感がとても新鮮で、おいしく感じられた。

お粥を食べ終わったあと、優希と手をつないで中華街を散策していたら、細い路地の奥にある小さな八百屋を指さして、優希が叫んだ。

「あ、中国野菜がいっぱいある。ちょっと見てみようよ」

その店に、この辣油があったのだ。凜々子が棚から瓶を取り、まじまじと見ていたら、

「それ使って、俺になんかおいしい料理作ってくれるの？」

優希が耳元で囁《ささや》いた。凜々子は照れて、「えー、私が作るのぉ？」と言葉を濁したが、心の中では、台所で優希のためにご飯を作っている自分の姿を想像した。

優希と別れて以来、三回目の誕生日を迎えたことになる。今日で凜々子は二十九歳になる。付き合っていた頃は、互いの誕生日をかかさず二人きりで過ごしたものだ。当日、都合がつかないときは、日にちをずらしてでも祝うことに決めていた。

もう優希と誕生日を祝うことは二度とないだろう。お祝いメールすら届かない。当たり前だ。別れたんだもの。いや、別れたというより、凜々子が一方的に振られたのである。

凜々子が検事になって二年目の春、優希は勤めていた航空会社の上海支店へ転勤が決まった。一方の凜々子は水戸地検に転任したばかりだった。

「俺と一緒に、上海に来てくれないか」

週末の休みを利用して優希と一泊二日のお花見温泉ドライブをした帰り、車のなかで唐突に告げられた。

「それって、もしかしてプロポーズ？」

凛々子は慌てた。私はいったいうれしいのか困っているのか。自分の気持がわからない。わからないまま、つい、言ってしまった。

「そんなこと、できるわけないでしょ。だって私、水戸に移ったばかりだし。官舎に引っ越してまだ一ヶ月も経ってないのよ。そんなの無理に決まってるじゃない。勝手なこと言わないでよ」

きつく言い放ったこの一言が発端となった。以後、東京に帰り着くまでの三時間、二人の口論は延々と続いた。売り言葉に買い言葉。喧嘩《けんか》はどんどんエスカレートして、最後は凛々子の家の近くで怒鳴り合うほどになり、凛々子は優希の車の扉を荒々しく閉めて、振り向きもせず家に帰った。

喧嘩するつもりはなかった。せっかく優希が言ってくれたのに。プロポーズしてくれたことをもっと素直に喜べばよかった。凛々子がそう気づいたとき、優希の心はすでに凛々子から離れていたのかもしれない。その後、何度か二人で話し合い、ベッドの中で、やっぱりこの人から離れたくないと思ったこともあったが、本質的な問題を解決することはできないまま、優希は上海に旅立った。そして半年も経たぬうち、優希から、メールではなく一通の手紙が、水戸にいる凜々子の元に届いたのである。

「別れよう」

体育会系の男の手紙は単純明快だった。前置きも時候の挨拶《あいさつ》もなく、直球で凜々子の胸を突き刺した。白い便箋《びんせん》に綴《つづ》られたそれ以外の文句と言えば、

「もう無理だ。このままだとお互いに傷を深くするだけだ。それぞれの将来のために、それぞれ別の人生を歩くことが、正しい選択だと思う」

そして最後は、

「楽しかった思い出を肥やしに、明るい未来に向かって別々に突き進んでいこう」

思い出を肥やしにする気か。したいならすればいい。凜々子は水戸の官舎のベッドの上で一晩、泣き明かした。翌朝、ベッドから出ることができず、風邪を引いたと嘘をついて仕事を休んだ。

その後、二〇一一年三月十一日、東日本大震災があったとき、水戸にいた凜々子は、もしかして日本が沈没するのか、あるいは地球が破滅するのかと思うほどの恐怖を味わった。水戸地検の建物も、地震の揺れで壁や階段の一部が崩落し、ガラスは割れ、床の上は棚の扉から散乱した記録や資料で足の踏み場もないほどの状態になった。エレベーターは止まり、二つある階段も片方は使用禁止。二日間はもっぱら後片付けに

終始した。幸い大きな怪我をした者はいなかったが、実家が津波に流されたり、親戚《しんせき》や幼馴染《おさななじ》みが行方不明になったりといった噂はあちこちで聞かれた。そんななかで凜々子たち検事はヘルメットをかぶりながら取り調べを続行した。ようやく携帯電話が通じるようになった頃、他の友達や家族のメールに紛れて、珍しく優希からの一通が届いた。

「大丈夫？　無事ですか？」

相変わらず単刀直入なメールだが、それでも凜々子には仏様の言葉のように思われた。別れても自分のことを気にかけていてくれたことが、なによりうれしかった。

凜々子は即座に返信を打った。

「大丈夫。なんとか生きています。でも、怖かった。ものすごく怖かったよ。日本は大変なことになっています。津波と原発のダブル災害で、この先、どうなっていくのか不安です」

あまり感情的な文面を書くのも気が引けて、何度も迷った末に打った言葉だった。凜々子のメールに次はなんと返信してくるだろう。しかし、優希からは何の反応もなかった。

八年間も付き合っていたのに二人の関係がこんなにもろいものだったとは。しかし、優希のことがどんなに好きでも、あの時点で上海に行くことはやはりできなかった。

検事の仕事を捨てて、専業主婦になることはできない。さんざん泣き明かして凜々子が出した結論は、はっきりしていた。もういい。もう振り返るものか。いつか絶対、立派な検事になって優希を見返してやる。司法試験を途中で諦《あきら》めて普通の転勤族に寝返った優希に「凜々子がうらやましい！」と言わしめてやる。そして凜々子は、自分のためにも日本のためにも、それまで以上に仕事に邁進《まいしん》することを心に誓った。

でも、ときどき優希のことを思い出す。上海から戻ってきて本社勤めになっているという話は、昔の友達から伝え聞いていた。もうすぐ結婚するという噂も耳にした。新しい彼女はやっぱりCAなのだろうか。そんな優希とどこかでばったり出くわしたら、平常心でいられるかどうか。自信はない。でも一度会ってみたい気もする。会ったら、「結婚するんだって？　おめでとう」と爽《さわ》やかに笑って、クールに立ち去ってやる。昔、二人でよく行った中華街のお粥専門店や中華料理屋の前を通るたび、もしかして優希がいるかもしれないと、ドキドキしながら店内を覗《のぞ》いてしまう。今日も畑中刑事に案内されて中華街を歩きながら、凜々子はちょっとだけ優希のことを思い出していた。

着信音にしている「威風堂々」のメロディが鳴り出した。表示を見ると、また、神蔵守からである。

「どう？　そろそろ出られそう？」

こちらがかけなくても神蔵守は絶対にかけてくる。予想していたことが当たった。

「うーん」

凜々子は曖昧《あいまい》に答えながら考えた。このまま電車に乗って家に帰って、家族に誕生日を祝ってもらうのも悪くはない。が、ちょっと情けない。あら、お姉ちゃん、誕生日なのに早かったんだねなんて、妹の温子がからかうに決まっている。だからといってこんな大事な日の夜を、よりによって神蔵守と過ごすのも、あり得ない。でも、相談に乗ってもらいたいことはある。林和志の次の取り調べを二日後に控えている。その前に、今日、中華街に行ってわかったことや凜々子が考えている作戦を、神蔵に聞いてもらいたい気もする。いけ好かないヤツではあるが、検事としては優秀だ。何かの参考になるかもしれない。

「まあ、だいたい仕事は終わったとこだけど」

凜々子が答えると、たちまち神蔵の声のトーンが上がった。

「あ、そ？　じゃさ、一緒にご飯食べない？　すごおおくおいしいとこに連れてってあげるから」

「おいしいとこ？　何ご飯？」

「内緒。あ、大丈夫だよ。ホテルに連れ込んだりはしないからさ。神に誓って約束する。じゃさ、住所をメールするから。タクシーで来てよ」

「タクシーで？」

「電車だとちょっとめんどくさいんだ。ワンメーターで着くから。じゃ、今、送るね」

そう言うと、神蔵守は電話を切った。


凛々子を降ろしたタクシーの赤いテールランプがみるみる遠ざかっていく。たちまちあたりが暗くなった。高速道路の高架にほど近い閑散とした国道の片隅に、凛々子は一人、取り残された。明るいのは唯一、国道脇を海側へ少し入ったところに建つ、木造平屋造りの屋根に灯《とも》る「BAY CAFE」という青いネオンだけである。ジージーと鈍い音をたてながら、闇夜にあっけらかんと浮かんでいる。

（ここのことかしら？）

凛々子はトレンチコートの襟を立てて恐る恐る建物に近づいていった。窓のカーテンは閉ざされて、中に人の気配はない。玄関とおぼしきところまで歩み寄り、ドアノブに手をかけた。鍵《かぎ》がかかっている。ネオンはついているのに店は休業中なのか。何度かドアを前後にガチャガチャ動かして、反応がないのを認めると、凛々子はもう一度あたりを見渡した。どうやらここは桟橋の上らしい。暗がりに目を凝らして足元を見ると、ボードウォークの隙間に水面《みなも》が揺れている。

さては騙《だま》されたか。

凜々子は無性に腹が立ってきた。コートのポケットから携帯電話を取り出して、神蔵守にかける。そのとき、

「こっちこっち」

男の声がした。携帯を耳に当てたまま振り向くと、暗闇から人影が近づいてくる。

「誰？」一瞬、凜々子は身構えた。

「僕、僕。神蔵ですよ。意外と早く着いたね。ほら、こっちおいで。暗いから気をつけてね」

「やだ、脅かさないでよ」

神蔵が手を差し伸べるが凜々子は拒む。しかし、たしかに足元はおぼつかない。水面の光のせいか、ボードウォーク自体が揺れているように見えて、その上、ヒールの先が板目の間に挟まりそうで危なっかしい。非常時だからしかたがないと自分に言い聞かせ、凜々子は及び腰になって神蔵のダッフルコートの裾《すそ》を強く握る。

神蔵守に誘導されて「BAY CAFE」の建物の裏手に出ると、海に向かって細長く延びた一段下の浮き桟橋に、小型の船が横づけされていた。

「まさか……」

「いいねえ。そういう反応を期待してたんだ。女の子に『まさか？』って驚かれると、俺、ゾクゾクしちゃうんだ。ご推察の通りです。はい、乗ってくださーい」

「ちょっと、冗談でしょ。なんで私がこんな……」と凜々子が言いかけたとき、

「どうも」

暗がりに紛れるほどよく日に焼けた、見た目にそぐわぬいい声の金髪男が船の操舵《そうだ》室の裏側から現れて、小柄な割に逞《たくま》しい腕を伸ばしてきた。この寒空にピンク色のパーカーと短パン、足にはビーチサンダルをつっかけている。

「お待ちしてました、凜々子さん。さ、どうぞ。危ないすから、俺の手に摑《つか》まって」

その不良モードに気圧《けお》されて、凜々子はつい、男の腕に身をゆだね、半分抱きかかえられるような恰好《かっこう》で船に飛び移る。神蔵もすぐ後ろからジャンプして乗ってきた。

勢い余って神蔵は危うく向こう側の縁《へり》から落ちそうになったが、なんとか留《とど》まった。

「とりあえず二人とも、舳《へさき》の、そこらへんに座っててください。寒かったら毛布とかカイロとか、防寒グッズはいろいろ用意してありますんで。あと、船が走り出したら、ぜったい立ち上がらないでください。危険だから」

「オッケイ」

金髪男の指示に神蔵は親指を立てて調子よく応《こた》える。そして、そばに積み上げられていた毛布を二枚取り上げると、舳に座る凜々子の膝《ひざ》に一枚載せた。残る一枚を自分のお腹にぐるぐる巻きつけて凜々子の向かい側に腰を下ろし、両手を大きく広げて船の縁にかけ、凜々子ににっこり微笑みかけた。

「いやー、なんか、ドキドキしちゃうね」

凜々子が答えあぐねているのもどこ吹く風と、神蔵は操舵室に向かって声を上げた。

「よーし、トミー君、こちらは準備完了です。よろしくお願いしまーす」

「ラジャッ」

歯切れのいい低い声が操舵室から返ってきた。エンジンが唸《うな》り始め、船がゆっくり動き出す。

「トミーって、あの人、日本人じゃないの？」

凜々子は神蔵に訊ねた。

「え？」エンジン音に遮られて声が届かない。凜々子は神蔵に顔を近づけて、少し大きめの声で質問を繰り返す。

「あの人、トミーさんって、外国の人？」

「ああ、トミー？　外国人じゃないよ。あの平坦《へいたん》な顔見りゃわかるでしょう。本名は富岡琢郎《とみおかたくろう》っていうんだけど、みんなトミーって呼んでるの。アイツ、僕が昔、新任で横浜地検にいたとき担当した暴行事件の被疑者だったの。今は、飲み友達だけどね」

「えー？」

「僕が担当した、暴行事件の、ヒ、ギ、シャ」

凜々子が「えー？」と言ったのは、聞こえなかったからではない。驚いたのである。

被疑者と飲み友達になるなんて、凜々子には信じられなかった。少なくとも凜々子とそんな関係になった被疑者はいない。

「仲間内の喧嘩《けんか》に巻き込まれたんだ。仲裁に入ったつもりがもみ合いになっちゃって、間違って相手に大怪我させちゃって。小さい癖に力あるんだよな、アイツ。警察に逮捕されたあと、よく調べたら正当防衛だったことがわかってさ。不起訴扱いで一件落着。それっきりだったんだけど、僕が横浜の地検に戻って来てまもなく石川町《いしかわちょう》で飲んでたら、たまたまその店でバイトしててさ。バッタリ再会したんだ」

「偶然？」

「そうそう。『もしかしてあんときの検事さん？』『もしかしてあの暴行事件の？』って、もうお互い驚きまくりだよ。以来、ときどき横浜で飲んだりする仲になっちゃったの」

「へえ、そういうことって、あるんだ」

「アイツさ、生意気に小型船舶の免許持っててさ。オヤジさんがレンタルボート屋の元締めの仕事してるんで、いつでも安く乗せてあげますよって、前から言われてて。そいで今日、お願いしたってわけ。どう？　このクルーザー。なかなか恰好いいでしょ」

「え？」

今度は最後のほうが聞こえなかった。

「クルーザー。この船さ」

クルーザー？　クルーザーというのは、船内にバーとかソファとかがついている船のことを言うのではないのか。凜々子にはどう見ても、漁船としか思えない。

「ああ」

凜々子はいい加減に同意する。

沖に出るにつれ、風が冷たくなってきた。毛布のおかげで身体はなんとか保温できるが、手先や鼻の頭がどんどん冷えていく。潮風で髪の毛はじっとり湿ってくるし、おまけに船が波とぶつかるたび船内に水しぶきが跳ね返り、このままでは水浸しになってしまう。ナイトクルーズをするのなら、せめて屋内のある船にして欲しかった。

「神蔵さーん、ちょっと」

操舵室からトミーが呼んでいる。

「ん？　今、行く」神蔵が腰をかがめた恰好で、右や左によろけつつトミーのそばへ近づいていった。

凜々子はだんだん憂鬱《ゆううつ》な気持になってきた。どこまで沖へ出るつもりだろう。もはや神蔵守にまったく危険は感じないけれど、こんな惨めなナイトクルーズとわかっていたら来なかった。予定があると言って最初にきっぱり断ればよかったのだ。判断を誤った。このところ、判断を誤ってばっかりだ。仕事もプライベートも。あーあ、情けない。凜々子は毛布の端に両手を埋めながら、海面のかなたにきらきら光る陸の灯を見つめた。

　高層ビルの細長い光が立ち並ぶ中、左手に巨大な観覧車の丸い灯りが見える。あれは、みなとみらいのコスモクロックとかいうヤツかしら。凛々子は視線を少しずつ右へ移す。海の真ん中に半円ドームのようなかたちをした島が見える。もしかしてあれが海ほたるか。ということは、あの先がずっと海底トンネルになっているんだ。よくあんな海の下に長いトンネルなんか掘ったものだ。どうやって掘るのだろう。掘るたびに横から海水がどばどば入ってきて、穴が埋まったりはしないのか。膨大な量の海水を止めておくなんて、いったいどういう高等技術を使うのだろう。大変だったろうなあ。

　その海底トンネルの上空を、赤や黄色の光が点滅しながら通過していく。飛行機だ。しだいに高度を下げ、着陸態勢に入りつつある。向かう先は羽田《はねだ》空港ということになるのか。つまり、あそこらへんが羽田なんだ。

「そっかあ……」

　漫然と夜景を見るうちに、凛々子は案外、一人ナイトクルーズを楽しんでいる自分に気がついた。しかしこの寒さはいかんともしがたい。暖を取ろうと身体を上下させる。途端にグウとお腹が鳴った。

残る期待は食事だけである。さっきの電話で神蔵は、「すごおおおくおいしいところに連れてってあげる」と言っていた。もしかしてこの船で、対岸のどこかステキなレストランにでも運んでくれるという趣向なのか。だったら許す。この寒さもあと少しの辛抱だ。前向きに考えるか、海に飛び込むか。ここまで来たら二つに一つ。それ以外、救われる道はなさそうだ。

それにしても二人はいつまでこそこそ話し合っているのだろう。気がつけば船のエンジンが止まっている。まさか故障したんじゃないでしょうね。凜々子は不安になって中腰になり、操舵室のほうを見遣ったが、神蔵とトミーはさっきから操舵室と船尾を何度も行ったり来たりしている。

「ねえ、なにやってるの？」

凜々子はその場に立ち上がり、二人の背中に声をかけた。

「あ、駄目駄目。危ないから立っちゃ駄目。用意できたら言うから、そこで待ってて」

神蔵が振り向いて、両手を振りながら凜々子を制した。

「用意？」

「いいからいいから」

しかたなく凜々子は座り直す。そうだ、座り直す前に、完全防寒の態勢を整えようと決心する。こんなところで風邪でも引いたら目も当てられない。トミーが置いていった簡易カイロを袋から出してこする。一つじゃ足りないかもしれない。三つぐらいもらってやろう。じわじわと温まってきたカイロを腰のあたりにブラウスの上から二つ貼り、もう一つを両手で握り、トレンチコートのボタンをいちばん上まで留めて、もう一度、毛布の中にうずくまる。誕生日だっていうのに、何やってんだろう、私……。凜々子は毛布の中で冷え切った手を擦り合わせた。

「用意、できましたあ。ではお姫様、こちらへどうぞ」

神蔵が操舵《そうだ》室の横で左右に揺れながら手招きをしている。凜々子は億劫《おっくう》そうに立ち上がり、毛布を身体に巻いたまま船の縁《へり》に掴《つか》まってよろよろと神蔵のほうへ向かう。神蔵は毛布にくるまった凜々子の肩を後ろから両手でしっかり掴み、そのまま船尾へ押し出した。

「はい、そこに座ってくださーい」

四畳ほどの四角いスペースの真ん中に、木箱を重ねて作ったテーブルが置かれ、その上にテーブルマットとお皿が載っている。

「まさか……」

「おっ、凜々子ちゃんの『まさか』第二弾が出ました！」

凛々子は神蔵に促されてテーブルの前の、天地を逆さにしたビールケースの上に座らせられた。神蔵も凛々子の向かい側に座り、続いて足元に置いてあった紙箱から細長いグラスを二つ、取り出す。

「こんなの、まだ序の口なんですよぉ。トミー君、お願いしまーす」

「ラジャッ、ご主人様」

景気のいい返事とともに、巨大な蝶《ちょう》ネクタイと黒いエプロンをつけ、足元は相変わらずビーチサンダルのトミーがシャンパンボトルを抱えて操舵室の中から現れた。

「パンパッパパーン、パンパッパパーン」

ワーグナーの結婚行進曲を口ずさみながら、厳かに近づいてくる。

「おやおや、それ、曲が違うでしょう。それはまだ早いですよ」

神蔵が笑いながら注意する。早いってどういう意味よと、凛々子は思ったが、聞き流す。

「あ、そっすか」

トミーが十歩ほど後ろへ退いた。そしてもう一度、すね毛の生えた頑丈な足をぎこちなく動かしてこちらへ向かってくる。

「ハッピバースデー、ツーユー。ハッピバースデー、ツーユー」

テノール歌手のように朗々と歌いながら二人の真横まで来ると、トミーはシャンパンのボトルを傾けて、二つのグラスに注ぎ始めた。

「ああ、入れすぎ。ほら、せっかくのシャンパーニュがこぼれちゃったじゃないですか」

神蔵が文句をいう間にシャンパンの泡はみるみる消えて、残る液体はグラスの半分にも満たない。

「そんなに勢いよく注ぐから駄目なんだってば。ビールじゃないんだから。ゆっくりゆっくり。そうそう」

「そんなこと言われたって、すぐ泡立っちゃいますよ、ほら。俺、シャンパンなんて注いだことねえし」

「バーテンやってたんだろ？　ほら、少し待たないと。ね、品良くやってくださいよ、品良く」

「俺に品を望まれても、そりゃ、八百屋で秋刀魚《さんま》くれって言ってるのと同じこったい」

「なかなか洒落《しゃれ》た比喩《ひゆ》、知ってますねえ、トミー君」

「知らざあ言って聞かせやしょう。浜の真砂《まさご》と五右衛門《ごえもん》が、歌に残せし盗人《ぬすびと》の、種は尽きねえ七里《しちり》ヶ《が》浜《はま》」

「うわあ、カッコイー」

受けたのは凜々子である。思わず拍手を送る。

「なんで知ってるんですか、そんな台詞《せりふ》？」

「いやあ、うちのじいさんが芝居好きで、しょっちゅう唱えてたから、ま、門前の小僧習わぬ経を読むって感じ？」

「でもすごくお上手。まるで本物の役者みたい。それ、全部言えるの？」

「まあね」とトミーは照れながらも嬉《うれ》しそうに、

「これ、最後んとこ、気持いいんっすよね。ここやかしこの寺島《てらじま》で、小耳に聞いた祖父《じい》さんの、似ぬ声色で小ゆすりかたり、名さえ由縁《ゆかり》の弁天小僧菊之助《きくのすけ》とは、俺がこったぁ」

と、そこで口をへの字に開けて、シャンパンボトルを片手に大見得を切って見せたものだから、凛々子はますます喜ぶ。トミーはますます得意げだ。

「なにそれ」

神蔵一人、不満そうである。そこへ「え、神蔵君、知らないの？」と凛々子が更に駄目押しをするように、「白浪《しらなみ》五人男の名台詞よ。寺島って菊五郎の本名なの。だから盗賊の台詞に掛けてこっそり役者の自己紹介してるのよ、ね、トミーさん」

「あ、そうだったんすか」

「知ってるよ、それくらい」

神蔵の顔が心なし引きつっている。

「そういうことじゃなくて、ちょっとトミー君、その変な芝居ごっこはいいから、ちゃんとシャンパーニュ注いでよ、ちゃんと」

「ラジャッ、ご主人様」

トミーのニヤニヤは止まらない。

二つのグラスがようやく適量のシャンパンで満たされると、

「じゃ、改めて。凜々子ちゃん、誕生日、おめでとうございまーす」

神蔵が機嫌を直して凜々子と向き合った。

「おめでとうございまーす」

トミーも声を合わせる。

「ありがとうございます」

凜々子はグラスを掲げ、首をすくめてちょこんと会釈した。凜々子が神蔵の前で笑顔を見せるのは、もしかして出会って以来、初めてのことかもしれない。

「あら、トミーさんは？　飲まないの？」

「俺？　俺はほら、船の操縦があるんで」

「少しだけならいいんじゃない？」

凜々子が勧めると、

「あ、そ？　いいですかね、神蔵さん」

まだ神蔵が何も言わないうちに、トミーは短パンの後ろポケットから細長いグラスを取り出した。

「え、なに、そのグラス」

「これ？　借りてきたんすよ、フィヨルドで。だって俺、シャンパンって、飲んだことねえから」

「じゃ、飲みましょうよ」

凜々子がシャンパンボトルを傾けると、ウイーッスと応《こた》えてトミーがグラスを前に突き出しながら、ちゃっかり凜々子の隣に腰を下ろした。

「超きれいっすねえ、この泡。下からどんどん出てくるんだ。すげーなあ。切れ目なしかよ」

「ほんと、きれいねえ」

凜々子がトミーのほうに首を傾げてグラスをじっと見つめた。

「ほら、感心してないで。ネクスト・ステージに移りますよ」

神蔵に急《せ》かされたトミーは一気にシャンパンを飲み干すと、立ち上がってすぐまた動き出す。

トミーの手際よいサービスにより、テーブルの上にはまず、ニシンの酢漬け、ポテトサラダ、そして崎陽軒《きようけん》のシウマイが並べられた。

「このニシンの酢漬けとポテトサラダはフィヨルドのテイクアウト。すげえ旨《うま》いから。ちょっと食ってみて、凜々子ちゃん」

「フィヨルドって、大桟橋の近くに昔っからある北欧料理の店でさ。トミー君の幼なじみのおじいちゃんが始めたんだって。今度、食べに行こうね」

凜々子は神蔵の言葉を無視して肉厚のニシンを一口、齧《かじ》る。と、なるほど脂が乗っていて、なのに酢とハーブの味がよく染みこんでいて、ちっとも生臭くない。

「おいしい！」

「な。次、こっちのシウマイ。十五個入り五百五十円。一人五個ずつだ」

トミーの解説に神蔵が、

「一人五個って、君も食うの？」

「そりゃ、俺だって腹減りますよ。駄目？」

「いや、いいけど。でも足りるかな、五個で」

「あと弁当も買ってきましたから」

「弁当？　なんかムードないなあ」

「なに言ってんすか。崎陽軒のシウマイ買えって言ったの、神蔵さんじゃん」

「そりゃそうだけど。俺、弁当まで買えとは言ってないよ」

「わかってねえなあ。横浜でおめでたい日に崎陽軒の弁当食わないヤツはもぐりっすよ。いろいろ種類あんだから。凜々子ちゃん、どれにする？　定番のシウマイ弁当と横濱《よこはま》チャーハンと、しょうが焼弁当。このしょうが焼弁当、ヤバいんだ。シウマイは入ってないけど、マジ、ヤバい。今日は俺、特別、凜々子ちゃんに譲っちゃう」

「うわー、うれしいなあ」

凜々子が喜んで受け取ろうとすると、神蔵が突然、立ち上がった。

「ちょっと」

神蔵がトミーに目配せをして、二人で操舵《そうだ》室に消えた。

わかってるって。わかりましたでございますっつうの。トミーの声がして、まもなく二人は凜々子の元へ戻ってきた。神蔵が元の席に戻り、改めてグラスを持ち上げて凜々子に微笑みかける。すると凜々子の背中から、ギターの音色が聞こえてきた。トミーが弾き始めたのだ。しばらく前奏が続き、それから歌が始まった。

「うみーはステキだなあ。こいーしてるからさー」

歌をバックに神蔵がグラスを掲げた。

「改めて、誕生日おめでとう」

「ありがとう」

凜々子は緊張の糸を緩めすぎない程度に微笑んで、感謝の意を表す。

「驚いた？」神蔵が上目遣いで凜々子を見つめる。

「え？　何に？」

突然、曲が変わった。今度は加山雄三《かやまゆうぞう》だ。

「二人をー、ゆうぅーやみがあああ」

声の質は決して悪くない。が、ときどき音程がずれる。しかし本人はそうとうに上手《うま》いと思っているらしい。しだいにBGMの域を越え始めた。

「君のー、瞳《ひとみ》はあああ、星とおおお、かがやきいいいい」

ギターと歌声がじわじわと近づいてきた。

「トミー君、その歌、古すぎるよ」

神蔵が振り返って難癖をつけたので、凜々子は即座に反論した。

「そんなことないわよ。やっぱり海と言ったら若大将だもん、ねえ」

トミーに向かって笑いかけると、トミーは歌いながら大きく頷《うなず》いた。

「ま、凜々子ちゃんが喜んでくれるなら、それでもいいけどさ」

神蔵は一つ咳払《せきばら》いをして、グラスに残ったシャンパンを飲み干した。

「俺さ、今日、ぜったい凜々子ちゃんに喜んでもらいたいと思って、ずっと前から計画してたんだ。でもさ、前もって言ったらサプライズにならないからさ。でも、もしさ……」

「しあーせだなア……僕《ぼ》かぁ、君といる時が、一番しあーせなんだ」

神蔵の言葉にトミーが割り込んできた。低音の色気に満ちた声で、トミーは切々と台詞《せりふ》を唱える。

「僕は死ぬまで、君を離さないぞ。いいだろう……」

そう言ってから凛々子に向かってウインクをした。凛々子は思わず吹き出した。吹き出した勢いで笑いが止まらなくなる。食べかけていたシウマイが喉《のど》にひっかかり、むせる。

「大丈夫、凛々子ちゃん。トミー君、余計なことしないでよ」

神蔵が本気でトミーに怒りをぶつけた。

「余計なこと？　神蔵さんの気持を代弁しただけですけど」

「それが余計なことだって言うんです」

「ふうーん。凛々子ちゃんはどう思いますかね？」

トミーが凛々子に問いかけた。

「凛々子ちゃん、凛々子ちゃんって、さっきから聞いてりゃ、馴《な》れ馴れしく言い過ぎだと思うんだけど」

「神蔵さん、なに一人でカッカしてるんすか。俺、ずっと神蔵さんの言う通りにしてるだけっすよ」

「してないよ。これは明らかに、契約不履行に値する！」

「ちょっと、喧嘩《けんか》しないでよ、船の上なんだから。危ないでしょ」

凜々子が二人を制したと同時に、急に船が大きく揺れた。

「うわっ、うわあ」

慌てて三人がグラスを持ち上げて、船の床にしゃがみ込む。見ると、少し離れた沖合を大きな貨物船が通過したところだ。その余波がこちらに伝わってきたのである。波の余韻はけっこう長く、三人はバランスを保つのに精一杯で、喧嘩どころではなくなった。

「なんか、俺……」

波が少し収まった頃、ふと気がつくと神蔵がうなだれていた。顔がまっ白だ。

「どうしたの、気分悪いの？」

凜々子が訊ねるが、神蔵は返事をするのもつらいのか、フラフラと立ち上がり、グラスを握ったまま舳《へさき》のほうへ消えた。

「あ、俺が見てきますから。大丈夫、凜々子ちゃんはここにいて」

トミーが神蔵のあとを追う。船酔いしたらしい。ちょっと気の毒に思ったが、ここで親切心を見せるとあとが面倒だ。それに舳から聞こえてくる神蔵の、ガチョウが首を絞められたときのような苦しそうな声を耳にして、やっぱりトミーの言う通り、ここで待つことにしようと凜々子は決める。

まもなく船はエンジンをかけてUターンし、「BAY CAFE」の青い灯りに向けて走り出した。神蔵は毛布にくるまれてデッキに横たわり、気持悪そうな顔で寝ていたが、ときおり目を開けては傍らにいる凛々子のほうを見つめる。ごめんね、せっかくの誕生日だったのに。この償いはまた改めてするからね。蚊の鳴くような声で語りかけるので、

「いいから黙って寝てなさいって」

凛々子がたしなめると、神蔵は両腕をまぶたの上に置いて、黙り込んだ。

「BAY CAFE」の桟橋に戻ってきても、神蔵はまるで瀕死《ひんし》のガチョウだった。トミーに背負われて船を下りたあとも、身体はグニャグニャ、顔はまっ白。すっかり生気を失った病人と化している。

「これ、プレゼント。帰ってから、開けて。本当は目の前で開けて欲しかったけど……。あと、ケーキも、蠟燭《ろうそく》つけて、船の上で切るつもりだったんだけど……。つらい……。ちょっとトミー君、ケーキを……」

「はいはい。こちらです」

「これ、お家《うち》に、持って帰って、皆さんで、食べて、くだ、さい」

神蔵は息も絶え絶えに喋《しゃべ》り続ける。臨終の床で遺言を聞かされているようだ。

「大丈夫？　帰れるの？」

さすがの凜々子も心配になって訊ねると、

「大丈夫っすよ、俺が送っていきますから。こんな船酔い、酒かっくらって一晩寝りゃ、ケロッと治りますって」

トミーは自分より大柄な神蔵を軽々と背負い、手にはギターを抱えてニヤリとした。汝《なんじ》はポパイか、はたまたヘラクレスか。海の男は言うこともやることも豪快だ。

「俺は、いいから。凜々子ちゃんを、トミー君、送って、あげて、くれ、よ」

「私は一人で帰れるから。凜々子ちゃん、まだ電車もあるし」

凜々子が遠慮の体を示すと、

「そんなこと言わないで。おい、トミー君」

「いいんっすか」

トミーの声がにわかに低くなった。すると、

「あ、やっぱり駄目。俺が、送ります」

神蔵は即座に前言撤回。トミーの背中から降りて、歩き出そうとした途端、足がからまった。

「ほら、無理だって。凜々子ちゃんは俺が送りますよ」

「大丈夫、私、一人で帰れるから。夜遅いのは毎日のことで慣れてるし。それよりト

ミーさん、神蔵君のこと、よろしくお願いします」

凜々子は軽く会釈をし、

「今日は本当にありがとうございました。楽しかった。じゃ、神蔵君、お大事に」

「待って、凜々子ちゃん、行かないで」

呼び止める神蔵に手を振って国道へ出ると、凜々子は素早くタクシーを拾った。

みなとみらい線の日本大通り《にほんおおどお》り駅でタクシーを降りて、いつものように地下鉄に乗る。

自宅最寄りの勝どき駅まではおよそ一時間。こんな遅い時間でも電車はけっこう混んでいた。が、幸い、鶴見《つるみ》駅で目の前の席が空いた。座席に着くと、凜々子はようやく身体が温まり落ち着いた気持になったので、まず携帯のメールをチェックした。同期の柴口朋美と笹原順子からハッピーバースデーメールが届いていた。きらきら動くシャンパンボトルの絵文字とカラフルな「おめでとう!」という文面に、思わず笑みがこぼれる。順子のメールには「おめでとう」のあとに、「今度、会って相談したいことがあるんだけど。忙しい?」と書いてある。姉御肌の順子が凜々子に「相談したい」とは珍しい。なんだろう。

二人のメールに続いて届いていたのは、祖母の菊江からのものだった。今年八十五歳になる菊江は最近、息子に買い与えられたらくらくホンをようやく使いこなせるようになり、ときどき凜々子にメールをよこす。この頃は絵文字も使いこなせるようになったらしい。

「凛々子ちゃん、お誕生日おめでとう♡　あなたも立派になってうれしいし、ハルちゃんもめでたいことになって♪　おばあちゃんはとてもしあわせです。あなたも頑張りなさい☆」

なにこれ。思わず声が漏れた。温子がどういうめでたいことになったのか。聞いていないぞ。凛々子の胸を不穏な空気がよぎった。まさか結婚が決まったとか……。家に帰ったら温子を追及することにしよう。かすかに心がざわついたので、神蔵からのプレゼントでも開けてみようかと思い立つ。次の乗換駅の浜松町《はままつちょう》まではまだ時間がある。凛々子は紙袋から小さな箱を取り出すと、リボンをほどき、紙包みを丁寧にはがした。アクセサリーらしき気配がする。蓋《ふた》を開けると案の定、中からハート形をしたシルバーのペンダントが現れた。表面に繊細な蔦《つた》の模様のついたハートの横に、小さなフックがついている。

「まさか……」

凛々子はフックを指先で弾《はじ》く。嫌な予感が的中した。開いたハート形ロケットには、ニンマリ笑う真ん中分けの神蔵守の顔があった。

「っか……」

凛々子は思わず顔をそむける。

ほんのつかの間のことだった。この数時間、神蔵守の誠意にかすかなシンパシーが生まれかけていた。が、このロケットで一気に振り出しへ逆戻りだ。

やっぱ、無理……。


「ただいまー」

勝手口から凜々子が中へ入ると、

「あ、やっと帰ってきた」

妹の温子の声がした。

「お父ちゃん、待ちくたびれて寝ちゃったよ」

「別に待っててくれなくていいのに。はい、お土産」

凜々子は持っていたケーキの箱と、もう一つ、鞄《かばん》の中から茶色い紙袋を取り出して、温子に手渡す。

「だって今日はお姉ちゃんの誕生日だからさ。あ、バースデーケーキだ。誰にもらったの？　すごーい。よかったね、お姉ちゃん、祝ってくれる人、いたんだ」

「うるさい」

「あれ、こっちは？」と温子は茶色い紙袋に顔を突っ込み、

「もしかしてこれ、あの辣油《ラーゆ》？　なつかしーい。お母ちゃん、ほら、欲しがってた中

華街の辣油だよ。やったあ。明日《あした》、これで冷や奴《やっこ》、食べよっと」

「まあ、とにかく、お誕生日おめでとう。あと五分で日付、変わっちゃうけど」

母親の芳子が冷蔵庫からババロワ型に入った巨大なプリンを出してきて、ちゃぶ台の上にドンと置いた。

「あんたが喜ぶと思って、お母ちゃん、作っといたのよ。今、ぜんぶ食べなくていいからね。でも一応さ、蠟燭、つけようか。お皿に移す？ それとも型から出さないままでいっか」

「プリンに蠟燭つけるの？ 立つのかい？」

祖母の菊江がちゃぶ台の上に身を乗り出した。

「立つんじゃない？ だって豆腐には立つよ。前に実験したことあるんだ」

「なんで実験なんかしたのよ」

凜々子の質問を温子は無視し、台所から小さなビニール袋を持ってきた。中から蠟燭を一本ずつ取り出して、使用済みのものと新品を分別し、ちゃぶ台の上に並べ始める。

「お姉ちゃん、いくつになったんだっけ？ 三十歳？」

「二十九！」

「なんだあ。三十なら三本でいいけど、二十九は面倒だな。長いの二本と、短いの九本にしようか」

温子がプリンの上に蠟燭《ろうそく》を立てようとするが、すぐに倒れてしまう。

「無理だよ、そんなの。プリンが穴だらけになっちゃうじゃない。やめなさいよ」

「おかしいなあ。豆腐には立ったんだけどなあ。木綿だったから立ったのかなあ」

温子はときどき、極端に子供っぽいことを思いつく。豆腐を作るときの姿はもはや職人そのもので、声をかけにくいほど逞《たくま》しいが、豆腐作り以外のこととなると、世間知らずでおよそ頼りないところだらけだ。

「よし、わかったぞ。おばあちゃん、これ持って。お母ちゃんも一本。お姉ちゃんも一本。で、マッチ棒を一本、横にして、その隣であたしがこの短い蠟燭一本持つから」

温子が家族それぞれに一本ずつ、蠟燭を配り始めた。

「どうすんのよ、こんなことして」

「三十マイナス一ってこと。これで火をつけてっと」

「あらあら、ホントだ。ハルちゃん、賢いわねえ」と菊江。

「あ、揺らさないで、おばあちゃん。消えちゃうよ。はい、できました。では！」

温子の号令に従って菊江と芳子が目を合わせ、大きく息を吸ってから、

「ハッピバースデーツーユー、ハッピバースデーツーユー」

これぞまさにあうんの呼吸だ。菊江と芳子と温子が姿勢を正し、小学生のような可《か》

憐《れん》な声で歌い出した。

「ほら、お姉ちゃん、消して消して。火が消える前に願いごと唱えるんだよ」

凜々子は慌てて口を突き出す。家族がずっと健康でいられますように。竹村豆腐店の商売繁盛と家内安全。私の仕事がうまくいきますように。温子が、なんだか知らないけど幸せになれますように。あと、私も幸せになれますように。

神蔵守が元気になりますように。と、祈りかけて、やめておく。

蠟燭の火がぜんぶ消えた瞬間、いっせいに拍手が起こった。

「じゃ、いただいたケーキは明日、お父ちゃんと一緒に食べようね」

菊江がよっこらしょっと立ち上がり、ケーキの箱を冷蔵庫にしまいにいった。

「温子、そのプリン食べたら、もう寝なさいよ。明日早いんだから」

芳子が言い聞かせたが、

「まあ、一年に一度のお姉ちゃんの誕生日だからね。寝なくても平気だよ」

温子は笑ってスプーンを鼻に当てる。小さい頃から変わらない。温子はプリンを一口食べたあと、必ずスプーンを鼻に当ててる癖がある。なぜそんなことするのかと聞くと、だってバニラのいい匂いがするんだもんと、温子はいつも答える。

「ねえ、おばあちゃんがさっきメールくれた『ハルちゃんのおめでたい話』って、なんのこと？」

ちゃぶ台に戻ってきた菊江に、凜々子が訊ねた。一瞬、温子の動きが止まった。

「ああ、別におめでたいってほどのことじゃ、ねえ」

母親の芳子が言葉を濁した。

「なんだ、凜々子ちゃんにまだ話してなかったのかい？」

菊江が意外な顔で芳子を見返す。

「ハルちゃん、お姉ちゃんに言ってないの？」

菊江は続いて温子の顔を覗《のぞ》く。

「いや、だって、まだ報告するほどの段階じゃないし。お姉ちゃん、忙しそうで話す暇もなかったし」

「ちょっとなんなのよ、その三者協同連合、秘密結社みたいなやりとりは。もしかして、私だけ知らされてないってこと？」

「お姉ちゃんだけじゃないから。お父ちゃんもたいして知らない話だから」

温子は食べ終わったプリンの皿を人差し指を使って拭《ぬぐ》っている。凜々子の胸の鼓動が激しくなってきた。

「ちょっとさ。そのもったいぶった言い方はやめて、単刀直入に話してもらえませんかね」

凜々子は目の前の三人の顔を見回した。皆、凜々子の視線を避けている。まもなく、

「いえね、あたしはいいお話だと思ってるんだよ」

菊江が最初に切り出した。

「そりゃ、凜々子ちゃんより先ってのは、どうなのかなとは思うけど、ハルちゃんだってもう二十三歳になるんでしょ。早すぎることはありませんよ。子供は早く産むに越したことないの。あたしだって浩市を産んだのがね」

「ハルちゃん、結婚するの？」

凜々子が上目遣いに温子を睨《にら》む。

「ほら、だから凜々子に言うのはもう少しあとにしたほうがいいって、あたしが言ったでしょう。なのにお義母《かあ》さんったら」

芳子が菊江の身体を肘《ひじ》で突《つつ》いた。

「浩市を産んだのがね、あたしが二十五の年だから。それくらいがちょうどいいのよ、二十三ぐらいで結婚するのがさ」

「はいはい。もうぐずぐず言ってもしょうがないよ。あたしがぜんぶご説明いたします」

お皿を拭った指を口からすぽんと出して、温子は姿勢を正すと、語り始めた。

温子に言わせると、最初にその青年と言葉を交わしたのは四ヶ月ほど前のことだという。

日課の豆腐作りをひと通り終え、朝の九時頃、温子が一人で道具を洗っているときに、店先から男の声がした。

「あのー、すみません」

お客さんだと思い、

「はい、いらっしゃい」

エプロンで手を拭《ふ》きながら店先に向かった。

「あの、木綿豆腐一丁と絹を一丁。あと、がんもを三つ」

「ありがとうございます」

礼を言ったそのときに、温子はちらりとその男の顔を見た。色白で、ハンサムとは言い難いが、目つきに嘘のない端整な顔立ちだ。

「あ、毎度、どうも」

温子には見覚えがあった。

「たしか先週も、先々週も、来てくださいましたよね」

しかし、この界隈《かいわい》で見かける顔ではない。

「あ、どうも」と男は恥ずかしそうに頭を下げた。

「いや、なんか、癖になっちゃって。ここのお豆腐、おいしいんで……」

温子は素直に喜んで、わざわざ帽子を脱いで一礼した。

「ありがとうございます。そう言っていただけると作り甲斐《がい》があります」

注文された木綿と絹を一丁ずつ、プラスチックケースに収めて上から薄紙をかけると、ビニール袋にそっと入れる。続いて冷蔵庫からがんもどきを三つ取り出して、別のビニール袋に詰める。

長靴に白衣姿でテキパキと動く温子の姿を男は黙って見つめていた。その視線に気づき、温子はなんとなく照れくさくなった。

「あたし、三代目なんです。女は豆腐屋に向かないって、ずっと言われ続けてたんですけど、ぜったいなってみせるって。でも始めてみたら案外、できるもんなんですよね」

女の豆腐屋は珍しいと思われているに違いない。前にもそういう目で見られたことがある。温子は注文の品を男の前に差し出した。

「木綿一丁と絹一丁、あと、がんもが三つで、ぜんぶで四百八十円になります」

男が財布から五百円玉を出し、温子はすでに用意しておいた二十円と交換した。そのとき温子は男の手を見た。節のないスルリと細い指先。男にしては繊細な、白魚のような指だ。

「これ、あたしが作った新製品のトマト豆腐です。よかったら召し上がってみてください」

温子はもう一つ、小さなビニール袋を男の前に差し出した。

「え、あ、でも……」

「お代はけっこうです。褒めてくれたお礼です」

はにかむ男に温子は笑いかけ、大きな声でもう一度、ありがとうございましたと言って見送った。しかしその時点では、まさかその男がわざわざ伊豆《いず》から通ってくれているとは思ってもいなかった。

そうと知ったのは、それから一ヶ月後のことである。突然、竹村豆腐店宛《あて》に伊豆の老舗《しにせ》温泉旅館の女主人から達筆な手紙が届いた。和紙の便箋《びんせん》に万年筆で、事の経緯が綿々と綴《つづ》られていた。結論から言うと、その女主人の一人息子が温子の豆腐を気に入ってちょくちょく買いにきていたあの青年であり、温子と結婚を前提に付き合うことを望んでいるという。

「えー、なにそれ。やだよ、そんなの」

温子は端《はな》から相手にしなかった。その手紙の文面から察するに、どうも母親である女主人自身はさほど乗り気でない様子だ。そんな失礼な申し出は、先様にご迷惑をかけるだけだと自分はきつく反対したが、どうしても息子が諦《あきら》め切れないと申しますので、こうして無礼を顧みず、お願い申し上げる次第でございますなどと、言葉は婉《えん》曲《きょく》ながら親として困惑している気配が伝わってくる。本人も本人だ。そんなに温子を想う気持が強いなら、自分自身で温子に申し出ればいいものをと、手紙を読んで誰より憤慨したのは父親の浩市である。男のくせにだらしない。そんな男と一緒になったら将来、苦労するに決まっている。やめたやめた。そんなのとは付き合うな。

そこまで浩市が拒否反応を示したからには、その後のことを、妻の芳子も母親の菊江も、まして温子自身はとても言い出せなくなった。

以降の経過はこうである。

手紙が届いた数日後、芳子が先方に返事を書こうかどうしようかと迷っているところへ、突然、例の青年が現れた。幸い浩市は商店街の親睦《しんぼく》ゴルフに出かけていて留守だった。

「あ……」と温子が最初に気づき、「あら……」と後ろから菊江と芳子が寄ってきた。

青年は店の前で直立不動になり、まるでこれから戦地に向かう青年将校のような決死の形相で、やや上を向いたまま、宣言を始めた。

「このたびは、親子ともども、大変に失礼なことをいたし、まことに申し訳ありませんでした。母が手紙でお送りした内容を、わたくしはぜんぶ承知しているわけではございません。が、しかし、おおかたの意図するところは真実でございます。わたくしは、お宅様の豆腐もがんもも厚揚げも、豆腐プリンもトマト豆腐も山芋豆腐も、ぜんぶ、こよなく好きです。そしてそれらをお作りになる三代目に、深く思いを寄せる一人でございます。もちろんそれが、単なる片思いに過ぎず、まだろくに会話も交わしていない方にそのような感情を抱くのは未熟者の仕業と思われるかもしれず、さらに、三代目にわたくしとは別の、お約束した方がおられるかどうかも知らないで、このような不埒《ふらち》なお願いをするのはまことに非常識とも存じますが、でも、万が一のチャンスをお与えいただけますのなら、どうか、どうか、わたくしと真面目なお付き合いをしていただけないかと、切にお願い申し上げる次第でございます。この件に関しては、しばらくお考えいただきましたのち、また、再度、わたくしがお豆腐を買いに参りましたときにでも、ご返答いただければ幸いに存じます。忌憚《きたん》のないご決断、覚悟してお待ち申し上げております。お忙しいなか、お邪魔いたしました。ではこれにて、失礼いたします」

青年は深く頭を下げると、回れ右をして、出征兵士のように去っていった。

「誰、あれ？」

青年がいなくなったあと、店の前に顔を出したのは、白い上っ張りを着た路地裏の玉子焼き屋の若主人である。

「あん？　ああ……」

温子も芳子も菊江もポカンと口を開けたまま、しばらく言葉が出てこない。

「ハルちゃん、惚《ほ》れられたもんだねえ」

この若主人は、温子が幼い頃から結婚したいとなついていた相手だった。その後、父を継ぎ、今や頭に白髪も交じる玉子焼き屋の社長である。

「やめてよ、おにいちゃんったら」

温子は今でも若主人のことが好きだ。その憧《あこが》れのおにいちゃんにとんでもない場面を目撃された。それだけで恥ずかしい。

「しかし、なかなかいい度胸してるじゃない、今の男。あんなこと、よほどじゃなきゃ、できないよ」

「ねえ。あたしもそう思うよ。おばあちゃん、感動しちゃったよ」

祖母の菊江が共感すると、芳子も、

「顔立ちもいいしねえ。今どき、あんな礼儀正しい若者は珍しいわねえ」

「なによ、みんな。じゃ、あの人と付き合えっていうの？」

温子は唇を突き出して、睨《にら》み返した。

「別にそこまでは言ってないよ。考えてみてもいいんじゃないかって思ってるだけでさ」

母親の芳子が温子をなだめる。

「意味わかんない。アイツ、豆腐がおいしいとしか言ってないじゃない。あたしのどこが気に入ったとか、なんにも言わないでさ。どこが礼儀正しいのよ。どこがいい度胸なのさ」

「そりゃ、無理だよ、ハルちゃん」と、今度は若主人が介入した。

「女のどこに惚れたかなんて、具体的に言える男はめったにいやしないよ。いたらそいつはよほどのプレイボーイだと思ったほうがいい。だからさ。しばらく様子見て、なんなら一度、話でもしてみてさ。嫌だったら、やめりゃいいんだし」

玉子焼き屋の若主人が真っ当な意見を述べる横で、菊江と芳子が、そうだねえ、そうだそうだと、何度も顔を上下させる。

「でもあたし、豆腐屋は辞めないよ。豆腐屋辞めて嫁に来いって言われたら、きっぱり断ってやる」

温子のその言葉に、菊江も芳子も若主人も、黙り込んだ。そこまでは、まだ大人たちも考えが及んでいなかった。話が飛躍しているのは当の本人だ。

「まあ、そうだな。そこんとこもよく話し合って、とにかく一度、デートしてみたらどうだい」

建設的な意見を残し、若主人は木綿豆腐二丁を手に、自分の家へすたすた戻っていった。

「で、デートしたの？」

凜々子が二段ベッドの上段に仰向《あおむ》けになって妹に問う。下の段でパジャマのズボンを穿《は》きながら、「まあ……、ちょっとね」と温子が答える。

「一回だけ？」

「うん……」

「どこ行ったの？」

「六本木《ろっぽんぎ》のホテルのロビーで待ち合わせて、それからなんとかいうフレンチレストランに行った」

「店の名前も覚えてないの？」

「だって、ラなんとかドゥなんとかって、長ったらしい名前なんだもん。覚えられるわけないよ」

「なに食べたの？　おいしかったの？」

「おいしかったよ」

しばしの沈黙。そののち、凜々子が半身を折って、下段に頭を突き出した。

「ちょっとハルちゃん。もう少し具体的な話はできないの？　何がおいしかったとか何が楽しかったとか、相手の人はどんなだったとか」

「ああ。前菜の玉子のムースは絶品だった。公ちゃんが、ぜったいオススメだって言うから頼んだら、ホントにおいしかった」

「こうちゃんって？」

「公一《こういち》って言うんだって。驚いちゃった。字は違うけど、お父ちゃんと同じ名前なんだよ。最初、公一さんって呼んでみたんだけど、なんか落ち着かないから公ちゃんって呼ぶことにしたの」

凜々子は啞然《あぜん》とした。

「あんた、おかしくない？」

「何が？」

「初デートで相手をファーストネームで呼ぶ、普通？　苗字はなんて言うのよ」

「後藤《ごとう》。でも苗字で呼び合うと、なんだかお見合いをしているみたいでカッコ悪いじゃん。互いに名前で呼び合うことにしましょうって、公ちゃんが言うからさ。それもそうだなって思って」

「じゃ、ハルちゃんも温子さんって？」

「ううん」と温子が否定した。

「じゃ、なんて呼ばれたのよ」

「ハルちゃん」

「もおー、二人とも、へん！」

凛々子は再び自分の寝床に背中をつけて天井を見上げた。

「その玉子のムースだけどさ、ベーコンとか白トリュフとかお酒とか、いろいろ入っているんだけど、とにかくなめらかなの。なんでこんなに口当たりがいいんですかってお店の人に聞いたら、豆乳が入ってますだって。なるほどねって感動しちゃった」

温子の声が下から響く。

「今度、作ってみようかと思ってるんだ」

「なにを？」

「玉子ムース。商品化できないかなってさ」

「そりゃ、無理でしょう」

「そんなことないって。公ちゃんも、試してみる価値はあるって言ってくれたよ。今度、一緒に考えようって」

「じゃ、また会うんだ」

「さあ、どうかなあ」

温子の声にはまんざらでもない余韻がある。

「あーあ。あたしはもう寝るわよ」

凛々子は枕元の電気を消した。

「お姉ちゃんは、どうだったのよ」

暗がりに温子の声が響く。

「どうって、何が？」

「誕生日デート」

凛々子は一瞬、黙り、それから一つ息を吐くと、寝返りを打ちながら、小声で答えた。

「寒かった……」

凛々子はデスクの抽斗《ひきだし》から辣油《ラーゆ》の瓶を取り出した。表に貼られた「林婆辣油」というラベルの文字をしばし見つめ、瓶をさりげなく自分の前方、林和志が見える場所に置く。

凛々子は黙って和志を見つめ、反応を待った。斜向《はす》かいに座る立ち会いの相原勉《つとむ》事務官が一瞬、身を乗り出した気配を感じたが、凛々子は気に留めず、じっと和志を見る。

「なんだよ」

まもなく和志が顎《あご》を突き出した。被疑者の林和志は今日で五回目の取り調べになるが、相変わらず態度が悪い。パイプ椅子の背に自分の肩を斜につけて、いつもと同じ青いジャージーの足の片方を膝《ひざ》の上に乗せ、ふんぞり返った姿勢で凛々子に対面している。

「これ、見覚えないですか」

凜々子は和志の侮蔑《ぶべつ》に満ちた視線に負けまいと、あえて落ち着き払った口調で辣油を指さす。たちまち和志の顔がくしゃりと崩れ、同時に、椅子の上で伸びきっていた身体が、熱湯をかけられた海老《えび》のように丸まった。

「古っ」

和志は手錠から解放された手で顔を二度ほどこすると、かすれ声で笑った。

「古い？」凜々子が聞き返す。

「検事さん、ドラマの見過ぎなんじゃねーの？」

「ドラマと現実に違いがあることは私も重々承知しています。それに私はテレビドラマをほとんど見ないので、見過ぎということは、残念ながら当てはまりません。それより私の質問に答えなさい。この辣油に見覚えはないですか」

和志はきょとんとした目で凜々子と辣油を見比べた。

「その辣油？　それ、ウチのばあさんが作った辣油だろ？　もしかして検事さん、ばあさんの店に行ったんっすか」

和志の驚く様子に凜々子は内心、満足する。

「行きました。お元気でしたよ、林麗月さん。正確にはあなたの父親のお姉さん、つまり伯母《おば》さんですね。あなたは両親の離婚後、三歳のときにこの伯母さんの家に預けられて、伯母さんの子供として育てられた。幼い頃から店の手伝いをよくして、近所の人たちからも評判が良く、伯母さんはあなたのことを誇りに思っていらっしゃいましたよ」

「けっ、そりゃ、作り話だね」

和志が不快そうに顔をそむけた。

「そんなことありませんよ。伯母さん、おっしゃってました。和志は両親に放ったらかしにされて、兄弟もいなくて、どれほど寂しかったことか。それをわかっていながら私は和志をちゃんとかまってやれなかったって」

凜々子はそこで一度、言葉を止めた。和志の表情にかすかな変化を感じたからである。凜々子は少し話題を変えることにする。

「この辣油、昔はもっぱらあなたが作っていたそうですね」

凜々子が和志に質問する。

「俺が中学卒業して、ばあさんの家を出る前まではね。ばあさん、五十肩で鍋《なべ》を持ち上げられないってわめくからさ、しかたねえだろ」

「これって、胡麻《ごま》油の中に唐辛子をたくさん入れて、じっくり炒《いた》めると、できるんですか」

「唐辛子ったたって、いわゆる鷹《たか》の爪だけじゃなくてさ、いろんな種類の粉唐辛子を混ぜんだよ。あとニンニクとか葱《ねぎ》とか生姜《しょうが》とか八角だろ、あと、陳皮、花椒《ホワチャオ》とか干しエビとか、薬味もいろいろ入ってんだけどよ」

「あ、そんなにいろいろ入れるんだ」

凛々子が素直に目を丸くした。

「ま、いちばんの決め手はやっぱり胡麻油だな。まず良質の胡麻油を中華鍋で、最初は弱火で熱してさ、そこにスライスしたニンニクとか生姜とか葱を入れてじっくり香りを移すんだ。ニンニクなんかが茶色くなったら鍋からぜんぶ出してよ。このニンニクチップがけっこう旨《うま》くてさ。子供の頃のおやつっていやあ、俺、ニンニクチップかじってたよ。で、そのあと火を強めて胡麻油の温度を二百度くらいに上げてさ。別の容器に入れといた粉唐辛子の上からジャッと注ぐんだ。そんとき気をつけないと、唐辛子の煙を吸い込んだら、キツいぜえ。完璧《かんぺき》、目と喉《のど》と鼻、やられっちまうからよ」

和志は喋《しゃべ》り過ぎたと思ったのか、そこでぷつりと口を閉ざした。ふうっと一つ息を吐くと、足を組み直して、首を傾げた。

「検事さん、料理なんかに興味あんの？　料理、しねータイプだろうが」

「まあ、あんまりするほうじゃないけど。でも食べることは好きだから。私、この辣油、昔から大好きだったんです」

凜々子の顔におもわず笑みが浮かんだ。微笑みながら、斜向かいの相原事務官のほうを見ると、相原も丸い頬をさらに丸く膨らませ、「ふんふん」と細かく頷《うなず》いている。

「実は私が大学時代に初めて、ボーイフレンドと一緒に中華街に行ったとき、出合ったんですよ、この辣油と。だから、もう十年前に私、伯母さんのお店に行ってるんです」

「あ、そうなの？　検事さんにもデートなんかしてた時代があったんだ」

和志が軽く鼻で笑った。

「そりゃ、ありますよ。十年前、あなたはまだ十二歳でしょう。まだあの家に住んでいた時代ですよね。その日、店の外で少年たちがポケモンカードゲームかなんかして遊んでいたのを見た覚えがあるんですが、その中に、あなたもいたんでしょうか」

凜々子が振ると、

「さあ、どうだかね」

和志の反応は淡泊だ。凜々子は気にせず、話を続ける。

「で、その日、この辣油買って帰ったら、ウチ、豆腐屋なんですけど、家族全員がこの辣油、気に入っちゃって。こんなおいしい辣油は初めて食べたって。それからはもう、母親が冷や奴《やっこ》とか麻婆《マーボー》豆腐とか作ってくれるたびに、みんなで辣油の奪い合いでしたよ」

「へえ……」

凛々子の話に相原事務官も興味をそそられたのか、椅子から腰を浮かせ、目と口元を丸くして辣油瓶を覗《のぞ》き込んだ。

「だから伯母さんのお店に行って、この辣油に再会したときは、もう嬉《うれ》しくて嬉しくて」

「そうなんだ」

和志の視線が少しだけ和らいだように見える。凛々子もつられて和志に笑いかけた。被疑者との間に信頼関係を構築するのは大事なことだ。しかし、親しくなりすぎるのもよくない。自分の話はこれくらいにして、そろそろ本来の取り調べに戻らなければと凛々子は思い直す。

「で、伯母さんの話ですが」

凛々子は再び顔を引き締めた。

凛々子は自分の誕生日である十一月一日に中華街の林麗月の八百屋を訪れたあと、何度かその店に顔を出している。検事が来たというだけで警戒される恐れがあったので、最初はそばを通りかかったからと言って挨拶《あいさつ》だけして帰り、翌日、中国野菜を二つ三つ買い、天気の話などをした。それからわざと間をおいた。頻繁過ぎても怪しまれる。あら、そういえばあの人はどうしたかしらと、テキさんが気になり始めた頃を見計らって顔を出すのが効果的なんだと、この事件の担当である神奈川県警の畑中刑事に入れ知恵されていたからだ。そして四日後、再び店に顔を出す。おいしいという評判が広まってご近所さんにも頼まれちゃって。あの辣油を十個欲しいんですけど。凜々子が甘え口調で注文すると、林麗月はいつになく、ところどころ金色に光る歯を見せて笑いながら、

「今、五個しか作り置きがないんですよ。来週までに用意しておきますから。悪いねえ」

申し訳なさそうに眉《まゆ》の端を下げた。ようやく心を許し始めたなと凜々子は確信した。そしてその翌週の月曜日、辣油《ラーゆ》を受け取りに店を訪ねたとき、凜々子は初めて林麗月から、レジの奥の畳の上にあった座布団を勧められ、中国茶と月餅《げっぺい》でもてなされた。それからほぼ二時間、林麗月はぽつりぽつりと和志について語り出したのである。

「伯母さん、最初にあなたを引き取ったときは、正直なところ、迷惑だと思ったそうです。自分が産んだわけでもない子の面倒を見ろと突然、弟に押しつけられて、しかもその後、弟からは養育費もめったに送られてこない。なんで私がこの子の学費を払わなきゃいけないんだって、長いこと不満に思っていたそうです。『和志に八つ当た

りしたことは何度もあるよ。それなのに、和志は私に嫌われたくないと思ったのか、ちっこい頭で知恵を絞ったんだろうねえ。店の手伝いをしたり配達に行ったり私の肩を揉《も》んだりして、とにかく必死に愛嬌《あいきよう》振りまいていた。賢い、いい子だったよ。でもその賢《さか》しさがいちいち癇《かん》に障ってね。だからもっといじめたくなっちゃってさ。和志がかけがえのない存在だって気づいたときは、もう遅かった。もっと早くにたくさん抱きしめて、話を聞いてやって、和志の寂しい気持に少しでも応《こた》えてやってたら、あんなことにはならなかったのにね。ぜんぶ私の責任なんだよ』って。伯母さん、泣いてましたよ」

和志は目を閉じている。椅子にふんぞり返り、組んだ足の先を小刻みに震わせて、黙って凜々子の話を聞いている。

作り話ではない。凜々子は心の中で自分に言い聞かせた。そりゃ、少しは大げさに表現した部分がないわけではない。たとえば、「賢い、いい子だった」というところは、ちょっと違う。林麗月は、「けっこう小賢しい子でね。ありゃ、母親に似たんだよ」という言い方をした。でもそれをそのまま伝えたら、和志はもっと頑《かたく》なになって心を閉ざしてしまうだろう。あと、「かけがえのない存在」ではなく「いないと不便な存在」と言っていた。さらに、「もっと早くにたくさん抱きしめて……」以降の台詞《せりふ》はすべて、凜々子が林麗月の気持を汲《く》んで追加したのである。でも、伯母さんの本音を自分が伝えないで、他に誰が伝えられるだろうか。検事が主観的見解を加えることは基本的に控えなければならないが、その程度の誇張は許容範囲だと、凜々子は信じている。

「伯母《おば》さん、リューマチでもう指を動かすのもつらいそうです。あれでは重い中華鍋を持ち上げるのは無理でしょうね。それでも辣油は作り続けなければならない。あなたが家に戻ってきて、辣油を作る手伝いをしてくれたら、どんなにお喜びになるでしょうね。伯母さん、おっしゃってましたよ。私が作る辣油より、あの子が作る辣油のほうが評判よかったんだよって」

このエピソードは事実である。凜々子はこのあとの展開を期待して、わずかな変化をも見逃すまいと和志を凝視した。すると突然、和志がヒクヒクと、いとも愉快そうに息をしゃくり上げながら笑い出したのである。

「だからさ、そういうのが古いっつうの」

凜々子は驚いた。何が古いのですか。和志を睨《にら》みつける。

「悪いけど、たぶん俺のほうがあんたより、いろんなタイプの検事さんと付き合った経験があると思うぜ。ま、中にはあんたみたいなステレオタイプっつうの？　その手の小細工で俺たちを落とそうって人もいたけどさ。もう時代が違うんだってば。人情話なんかに俺たち、ひっかからねーのよ、ね。クセー作り話、持ち出されても受けねえから、悪いけど」

「クセー作り話なんて、そんなんじゃ……」

凛々子の唇が震えている。

「やめなって。そういう手、使うのさ」

和志がおでこに横皺《じわ》を寄せ、憐《あわ》れむようなまなざしで凛々子の顔を覗き込んでいる。

凛々子は和志の顔を一瞬見たあと、反射的にまたもや視線をそらしてしまった。さっきまであれほど素直な優しい顔に戻っていたはずの和志の目は、悪魔のようにいやらしい、意地悪な光を放っている。

「ま、検事さんも、まだ新米なんだろうから、しかたねーけどよ。もう少し勉強してきてもらわなくっちゃ。今の優秀な検事はみんな、涙で落とそうなんてことは考えねえぜ。だいたい女に検事は向かねえっつうの。どうせ女なら、超ミニとか胸元のあんぐり開いたドレスとか着てくりゃさ、こっちもその気になってポロッと吐いちゃうかもしれねーけどよ。な、事務官さんよお、そう思わねえ?」

同意を求められた相原事務官は口を一文字に閉じて、首を横に振っている。横に振ってはいるけれど、相原の顔にはどことなく、「そうだそうだ」と和志に共感している節がある。と、察したその瞬間、凛々子は椅子を蹴《け》って立ち上がった。

「ふっざけんじゃないわよ」

それまでの凜々子の様子からは予測しかねるどすの利いた声である。たちまち和志と相原事務官がその場で身を引いた。

「だいたいね」

凜々子自身、自分の出した声の太さに驚いた。勢いに乗じて凜々子は続ける。

「男のほうが有能だと思ったら、大間違いなんだからね。男がバカでボケ茄子《なす》ばっかりだから、こういうくだらない事件が絶えないんじゃない。言っときますけど、バカな男ほど女をバカにして、自分の優位性を確かめたがるんです。自分がバカだって気づかれたくないから先に威張ってみせるのよ。でも女はそういうバカな男のバカぶりに、ちゃんと気づいているけど、見て見ぬ振りしてあげてるってことに、バカな男はちっとも気づかないのよ、バカだから。それをあんたたち男どもは、どいつもこいつも」

一気呵成《いっきかせい》に吐き出したら、いくらでも言葉が出てきて止まらない。

「どいつもこいつもって……言われても……」

相原事務官の呟《つぶや》く声が聞こえた。凜々子は素早く相原を振り返る。

「あんただってそうでしょうが。どうせ最初から私をバカにしてたんでしょ！」

「そんな、僕はぜんぜん」

「ずっとニヤニヤしちゃってさ。私がこの人を落とせないって、最初からそう思ってたに違いないわよ」

怒りの矛先が相原事務官に向けられた。

「いや、別にそんなこと、ないですけど」

「けどってなによ、けどって」

「おいおい」

仲裁に入ったのは林和志である。

「ほら、落ち着けよ。なんか不愉快なことでもあったのか？　彼氏が浮気してたとか？」

凜々子は反射的に和志の顔を見た。なぜわかるんだ、この男。勘が良すぎる。

二日前、凜々子は大学時代の女友達である結衣《ゆい》と桜子《さくらこ》と三人で久しぶりにご飯を食べた。結衣も桜子もそれぞれに、今は民間の中堅企業に勤めるOLである。ビジネス街で鍛えられるOLはやはり自《おの》ずと垢抜《あかぬ》けてくるものなのか。学生時代に比べ、二人とも確実にきれいになった。ファッションも髪型もコンサバながらどことなく今風だ。結衣のショートボブはちょっと木村《きむら》カエラに似ているし、切り替えが斬新な紺のワンピースを着る桜子も、眼鏡をコンタクトに替えたせいか、目元が大きくなったように見える。結衣も桜子もまだ独身で、経済的にもそこそこ裕福なのだろう。今度、三人で海外旅行でもしたいねえ、などという話題が持ち上がり、そのとき結衣が、目を輝かせながら提案した。

「凜々子の前で言うのもなんだけど、優希に頼むと、飛行機のチケットとかホテル代とか、けっこう融通してくれるみたいよ」

凜々子と中牟田優希の関係については結衣も桜子も馴《な》れ初《そ》めから別れまでよく知っている。優希の名前が出てきたら平常心ではいられないかもしれない。長らく凜々子はそう思っていたが、実際に結衣から前触れもなくその言葉が発せられてみれば、案外、平気であった自分を凜々子は発見する。

「へえ、そうなんだ」

イワシとウイキョウのパスタを咀嚼《そしゃく》しながら応《こた》える凜々子を見て、結衣は桜子と顔を見合わせた。

「航空業界も厳しい時代だからね。優希の会社も正規料金じゃ勝負できなくなってるのかな。昔はそんな安いチケットなんか出せないって言ってたけどね、あの人」

凜々子は唇についたパスタのソースをナプキンで拭《ふ》きながら、二人に淡々と語りかけた。

「あのさあ、凜々子」と結衣が自分のフォークをテーブルに置き、姿勢を改める。

「もう時効だと思うから、言うけどね」

凛々子はワイングラスを口に近づけて、結衣に笑いかけた。なによ、そんな真面目な顔しちゃって。

「実はね。まだ凛々子が優希と付き合ってる頃、私、一度、優希から旅行に誘われたこと、あるんだ」

「旅行？　どこに？」

驚いたのは凛々子だけではない。

「まさか、二人でってこと？」

桜子も、かじりついていた殻付きアサリの身を急いで呑《の》み込むと、凛々子の質問に声を重ねた。

「うん、二人で。場所はイタリアって、言ってた。すっごくステキなホテルがあって、安く泊まれるから行かないかって」

「なによ。それって非常識すぎない？　いくら何でも、いきなり海外旅行はないでしょう。あり得ないから」

憤慨する桜子の頬がピンク色に染まっている。

「なんてホテル？」

凛々子が静かに聞いた。ちらりとひらめくものがあったのだ。

「ずいぶん昔のことだから名前までは覚えてないけど、なんか北イタリアの五つ星のホテルで、とにかくステキなんだって」

疑惑は確実なものになりつつある。

「もしかして、湖の畔《ほとり》に建ってるとか……？」

「そうそう、湖に浮かんでるみたいなロマンティックなホテルだって。カタログも見せてもらったよ」

それはまさしく、凜々子がかつて優希に誘われたホテルである。

「なんで優希はそこに結衣を誘ったのよ」

凜々子の言葉に数本の棘《とげ》があったかもしれない。結衣の小顔がたちまち曇った。

「わかんないわよぉ。でも私、ちゃんと断ったんだよ。だってそんなことしたら、凜々子を裏切ることになるわけじゃない？　凜々子の彼氏と二人で旅行なんて、そんなことぜったい、できるわけないもん」

凜々子は当時の記憶を脳みその奥の抽斗《ひきだし》から猛スピードで引き出そうとした。優希と付き合っていた時代、仲良しの結衣や桜子や、他の男の子たちも一緒にドライブへ出かけたり、夏休みには海の家へ勉強合宿と称して泊まりに行ったりしたものだ。優希と凜々子が付き合っていることは、仲間の誰もが承認済みだった。大部屋で男女一緒に雑魚寝《ざこね》したときだって、冬の花火大会に繰り出したときだって、試験前に優希や結衣や、結衣が当時、付き合っていた吾朗《ごろう》も一緒に、同じゼミ仲間のアパートに泊まって徹夜で勉強をしたときだって、結衣と優希が格別、親しそうに話していたとか、怪しい素振りを見せていたとか、そういう記憶は一切ない。いつも優希は、自分のガールフレンドの親友として、分別のある態度で結衣に接していたはずだ。それなのに、いったいいつ、そんな大胆な誘いを結衣に持ちかけたのだろう。信じられない。

「ずっと誰にも相談できなくて。だって優希に誘われたなんて、凜々子には死んでも言えないじゃない？」

「そりゃ、そうよねえ」と桜子が同意する。

「だからずっと秘密にしてたの。つらかったわあ。あー、でも告白できて、ホッとした。なんか積年の肩の荷が下りたって感じ？」

結衣が胸をなでおろす仕草をし、パールベージュのマニキュアが塗られた指を優雅に胸元から離して凜々子の肩に優しく乗せた。すると今度は桜子が口を開いた。

「実はさ」

「なによ、桜子も誘われたの？」

結衣が同志を得たとばかり嬉《うれ》しそうに桜子を振り返る。

「違うわよぉ。そうじゃなくて、優希ってさ、知ってた？　上海に転勤したあと凜々子と別れて、それから今の結婚相手に出会ったって言ってるじゃない？」

「知らないわよ」凜々子がぶっきらぼうに応える。

「そうなのよ。仲間にはそう言ってるらしいの。でも事実はね、上海に転勤する前から付き合ってたCAと結婚したんだって」

「どういうこと？」と結衣が首を傾げる。

「つまりさ。凛々子と二股《ふたまた》かけてたってことよ」

桜子が、まるでクイズの正解を発表するかのように、得々と言ってのけた。

「うっそー、サイテー」と結衣が十本のパールベージュを口に当てて驚いてみせる。

凛々子は数回、目をしばたたかせたが、どうにか感情を抑えることに成功した。今さらそんな事実を明かされて、私にどうしろというのだろう。凛々子には、内容もさることながら、この話を今、目の前で嬉々《きき》として語る二人の女友達の真意がはかりかねた。

恐る恐る打ち明けたそれぞれの暴露話に凛々子が思いのほか騒がなかったので安心したのか、結衣と桜子は、まるで治療を終えた精神科医のような慈愛に満ちた笑みを浮かべて凛々子を見つめた。

「でも凛々子、よかったじゃん。あんなヤツと別れて正解だったよ。結婚してたら、今頃、そうとう苦労してたと思うわよ」

桜子が母親のような目で諭す。

「そうよそうよ。私だって優希のこと、ちょっといいなって思ってたときあったけど、誘いに乗らなくて、よかったわあ。しかし優希って、見かけによらずいい加減な男だね」

結衣が凜々子に同意を求める視線を送る。凜々子はそれには応えず、逆に質問した。

「旅行には行かなくても、優希と一回くらいはデートしたことがあるわけ？」

結衣の目が瞬間的に泳いだ。

「そんなこと、あるわけないじゃん。やだ、何言ってんのよお、凜々子ったら。まさか私が嘘ついてるとでも思ってるの？」

凜々子はその問いに答えない。結衣が「嘘ついてる」ことがわかってしまったからだ。目が泳ぐ人間を、凜々子は取調室でもう何人も見てきた。

驚愕《きょうがく》が怒りに変わり始めたのは、結衣と桜子と別れたあとのことである。優希と付き合っていた七年五ヶ月、自分はいったい優希のどこを見ていたのだろう。なぜそんなくだらない男に惚《ほ》れ続けていたのだろう。私はそこまで見くびられていたのか。しかも、裏切ったのは元恋人だけではない。自分の味方だと信じていた女友達までを、凜々子はその日、完璧《かんぺき》に失った。

「余計なお世話よ」

和志に図星を指されて凜々子は動揺した。

「どうせ私はバカですよ。一流の検事になる素質もないし、結婚だって、どうせできませんよ。ダメダメの、ダメ女ですよ」

叫べば叫ぶほど、悲しくなる。身体中が怒りと恐怖と空しさに覆われて、とてもじっとしてはいられない。この憤懣《ふんまん》をどうやって抑えればいいのか。凜々子は衝動的に手元にあった書類ファイルを持ち上げて、

「もう、やってらんないわよっ」

一言わめくや、床に叩《たた》きつけた。和志に投げつけたいところだが、それはできない。それをやったら凜々子こそ、暴行罪で逮捕されてしまう。それだけの正気はかろうじて残っていた。しかし、ファイルだけではこの怒りが収まらない。凜々子は続いてボールペンを二本、壁に叩きつけ、机に載っていたその他の文房具類や小物を両手でぐしゃぐしゃにかき混ぜて、メモ用にしていたノートをビリビリと引き裂いた。続いて視界に入った辣油《ラーゆ》瓶をつかみ、腕を上げかけたとき、

「だめだめ、ダメです。暴力はいけません！」

後ろに控えていた戒護員が、凜々子のところへ飛んできた。その素早さたるや、さすが戒護員である。腕力もある。凜々子の両腕を押さえ、辣油瓶をあっという間に取り上げた。その反動で凜々子は椅子に尻餅《しりもち》をつく。反射的に前を見ると、被疑者の和志は縄でつながれたパイプ椅子から腰を半分浮かせ、腕を顔の前に掲げて防御姿勢を

取っている。いつのまにか和志の後ろに回った相原事務官は口をとがらして、辣油瓶が飛んできたら受け止めようとでも思ったのか、キャッチャーさながらに両手を前に突き出した中腰の体勢で構えている。

「んもう！」

椅子に座るや、急に身体中の力が抜け、凜々子は机に突っ伏して泣き出した。どれほどの時間が経過しただろう。凜々子は気がついた。自分の泣き声の他、何も聞こえない。周囲が異様に静かである。嗚咽《おえつ》しながらそっと顔を上げてみると、林和志も戒護員も相原事務官も、それぞれの持ち場に座ったままである。どうやら凜々子が泣き止むのを待っていたらしい。

「少しは、スッキリしたか？」

和志が凜々子に向かって顎《あご》を突き出した。凜々子はデスクの端でひっくり返っていたティッシュの箱から一枚抜き取ると、チンと洟《はな》をかみ、「うん」と子供のように頷《うなず》いた。

「失礼しました」

凜々子は涙と鼻水で赤くなった顔を両手で何度もこすると、何事もなかったような振りをして、顎をあげた。まず、長い髪の毛のゴムをはずし、しっかり束ね直す。

「では、取り調べを再開します。さきほどの続きですが……」

凛々子は一度、咳払《せきばら》いをしてから、毅然《きぜん》とした鼻声で宣言した。

「やめやめ。今日はもうおしまいにしようぜ」

和志が凛々子の言葉を遮った。

「そうはいきません。取り調べを終了する権限は私にあります。勝手におしまいにしないでください」

凛々子が出かかった鼻水をすすり上げる。

すると和志が今までで最も柔和な表情を浮かべて凛々子に微笑みかけた。

「無理すんなって」

和志は笑いながら相原事務官にもちらりと視線を向ける。

「俺が言うことじゃねーかもしんねえけどさ。取り調べってのは、検事さんの感情が高ぶってちゃ、できねえって。互いのためにいいことないから。俺だって、感情的な気分のまま調べられるのは、かなわねえからよ。一晩、考えて、ほとぼり冷まして。それからやり直そうぜ。な」

「でも……」

もはや凛々子は和志に偉そうな態度を取れる立場にない。むしろ頼れる兄貴に意見をされているような気分になっている。

「明日《あした》、出直すよ。な、事務官さん、明日でもいいんだろ？　何時に来ればいい？」

相原事務官が慌てて予定表を確認する。

「あ、はい。では、明日の午前十時でいかがでしょう」

「いいんじゃねーの？　俺はどうせ暇してるから、いつだっていいよ。いっすよね」

和志が振り向いた。

「あ、自分ですか」

突然振られた戒護員が、自分の鼻を指した。

「いいんじゃないでしょうか」

「よし、決まりだ。明日の十時。じゃ、今日はこれで引き上げるか」

和志は後ろに控える戒護員に両手をかざし、手錠をはめるよう促した。

「いや、でも、そういうわけには……」凜々子の声は完全に威力を失っている。和志は手錠のはめられた手で人差し指を立て、相原事務官を指した。

「明日十時。予定表にそう書いといて」

「はいはい」相原事務官が和志に頭を下げた。和志は満足げに口を横に伸ばすと、腰縄を握る戒護員に連れられて、部屋を出て行った。

なぜあんなことをしてしまったのだろうか。凜々子は仕事場からの帰り道、ずっと考えた。地検を出て駅まで歩き、地下鉄に乗り、電車を乗り換え、空席に座り……。

凜々子のまわりを歩く人も走る人も喋《しゃべ》っている人も、すべての景色と音と声が、まるで別世界のできごとのように遠く感じられた。しかし、いくら考えたところでしかたがない。自分の犯した過ちの理由と経過がどれほど明らかになったところで、事実を打ち消すことはできないのだ。取り返しのつかないことをしてしまった。それだけは間違いない。

クビを言い渡されるかもしれない。公務員にクビは存在しないと言われるが、これだけの失態を演じたら、少なくとも仕事を干されるか、あるいは窓際の部署に転属させられるか、もっと暇そうな地検に転勤を命ぜられるか、それぐらいの覚悟はせざるをえないだろう。

「女に検事は向かねえっつうの」

和志の乾いた声が蘇《よみがえ》る。そんなことを言われる筋合いはない。凜々子は心の中で反論する。しかし、こんなふうに感情的になるところが、女に向かないと言われてしまう所以《ゆえん》かとも思う。男だって感情的になることは山のようにあるはずなのに、どうして女ばかりが「感情的動物」と揶揄《やゆ》されるのだろうか。不可解だ。私たち女はそれだけのハンディを背負っているのである。「感情的動物」と言われないためにも、男以上に感情的になってはいけなかったのに。ああ、駄目だ。私って、どんだけバカなんだ。

考えれば考えるほど悔しさと腹立たしさがこみ上げて、電車の中で唇を強く噛《か》んだまま目をつむっていると、まぶたにじわじわと涙が溢《あふ》れてくる。

「気分、悪い?」

突然、隣席の年配紳士が声をかけてきた。凜々子がずっとおでこに手を当てて、苦しそうな顔をしていたので、不審に思ったのだろう。

「あ、いえ。大丈夫です」

凜々子が髪の毛を掻《か》き上げて、涙で赤くなった目を向けると、よく日に焼けたロマンスグレーの紳士が、ああと、すべてを納得したといわんばかりの顔で微笑みかけてきた。

「何があったか知らなーいが、人生、どうにかなるもんだ。元気を出しなさーい」

凜々子の膝《ひざ》の上にある鞄《かばん》を二度ほど叩いて、周囲に轟《とどろ》くほどの大声で笑った。

日系人かしら。日本人の顔をしているが、発音が少し不自然だ。すみません。礼を言おうと思ってもう一度、その紳士に顔を向けた途端、どうしたことか、凜々子の目から涙がどっと溢れてきた。

「ほらほーら。元気を、お出しなさーい」

紳士の豪快な笑い声が耳元で響く。凜々子はハンカチを目に当てながら、何度も無言で頷いた。情けない。見ず知らずの人に慰められるなんて。まわりの乗客がチラチラ振り向いている。恥ずかしくて悲しくて、凜々子は髪の毛で顔を覆って、ますます泣いた。

「ただいま……」

勝手口から家の中に入ると、

「あら、今日は早かったんだね」

すかさず母親の芳子の声がした。

「うん」凜々子は泣きはらした顔を母親に見られまいと、なるべく芳子に背を向けながら階段へ向かった。

「ご飯は？　食べてきたの？」

「あー、いや。でも、あんまりお腹が……」

「どうしたの、お姉ちゃん。目、真っ赤だよ」

ちょうど二階から下りてきた温子とすれ違いざまに、見つかってしまった。

「ん？　いや、なんか、目にゴミがね」

「ウソだね。そりゃ、失恋か、仕事の失敗か、どっちかだな」

勘のいい妹を持つとロクなことがない。

「そんなときに悪いけど、お客さん」

温子が茶の間に向かって手を伸ばした。

「え？」

妹の手の先を追って振り向くと、

「どうも。お邪魔しております」

皮を剝《む》いたそら豆のような顔の若者が炬燵《こたつ》の前で慌てて姿勢を正し、凜々子に向かってちょこんと頭を下げた。

「あ、いらっしゃい」

「これが噂のお姉ちゃん。こっちは公ちゃん。後藤公一さん」

まるで幼なじみを紹介するかのように温子はあっけらかんと言った。これが噂の御曹司か。

「後藤公一と申します」

「今日ね、ずっと一緒に例の玉子ムース の試作してたの。けっこううまくいったんだよ。お姉ちゃんも食べて。意見、聞きたいからさ」

「凜々子。食べる前に手を洗ってきなさいよ」

台所から芳子の声がする。すると凜々子と温子の前をさっきから祖母の菊江が行ったり来たりしているので、「どうしたのよ、おばあちゃん」と温子が声をかけると、

「眼鏡がねえ。どこに置いたんだか。さっきまであったのに」

「ないんですか。さっき手に持ってらっしゃいましたけど」

公一が立ち上がって一緒に捜し始めた。

「もうおばあちゃんったら。一日の半分は、眼鏡捜してるんだから」

温子も部屋をうろうろし始める。しかたなく凜々子も食器棚の上や新聞の下をチェックする。家族というものは、無神経というかありがたいというか。さっきまであれだけ悲しかった気持が、この空間にいるとなぜか薄らぐ。

「おう、ごめんごめん。お待たせしちゃいましたねぇ」

父親の浩市が勝手口からひょこひょこ入ってきて、あっという間に炬燵にもぐり込んできた。

「ちょっとお父さんも、手を洗ってきてください。パチンコしてきたんでしょ」

台所からまた芳子の声がする。

「公一君も飲むだろ。日本酒？　それとも最初はビール？」

浩市が腰を上げながら、公一に声をかけた。やけに愛想がいい。反対していたのではなかったのか。それとももう、温子との付き合いを認めたのだろうか。凜々子の知らない間に、家族の物語は着々と進展しているらしい。

温子と公一が作ったという玉子ムースを前菜に、その晩のご飯が始まった。顔は茹《ゆ》でそら豆のようにつるんとしているが、スプーンを握る指は、温子が言う通り、たしかに白魚のように細くて美しい。凜々子はさりげなく温子の隣に座る公一の様子を観察した。

「お姉さんは検事さんなんですよね。すごいなあ」

公一が凜々子に話しかけてきた。

「今、どんな事件、取り扱っていらっしゃるんですか。あ、こういうこと聞いちゃいけないのかな」

「大丈夫よ。ときどき家族で取り調べごっこしたりするし。ね、お姉ちゃん」

「まあ、あんまり詳しいことまでは口外できないけど。今ですか。今、やってるのは、暴力団の恐喝未遂、逮捕監禁、殺人未遂事件」

凜々子はちゃぶ台の上に出ている林婆辣油《ラーゆ》の瓶を見つめながら答える。

「ひえー、暴力団の事件も取り調べるんですか。それって、暴力団幹部とかを相手に？　恐くないんですか？　暴れたりとか……」

「私が取り調べているのは幹部じゃなくて、若いチンピラだから。まあ、恐いってことは別にないけど」

暴れたのは、凜々子のほうである。

「逮捕監禁？　ってどういう意味？」

温子が口を挟んだ。

「あー、そうそう。僕もわかんなかった。逮捕って、警察がするものじゃないんですか」

「そうとは限らなくて。本人の意思を無視して無理やり身柄を拘束することを、一般的に『逮捕』って言うんですよ。その拘束時間が長くなると『監禁』になる。つまり、瞬間的な身柄拘束を『逮捕』、長い時間に及ぶ身柄拘束を『監禁』と言うんですけどね。だからこの事件だと両方なので、起訴罪状が逮捕監禁ということになって……」

「へえ、知らなかった。面白いね」

公一が温子と仲良さそうに頷《うなず》き合っている。

「この人さ、俺と同じ名前だから、なんか縁を感じるんだよな」

父親の浩市が突如、会話に割り込んできた。

「コウイチという名前に悪人はいないんだ、な、公一君。まあ、飲んで飲んで」

「あ、ありがとうございます。じゃ、お父さんも」

公一が浩市から徳利を受け取って、浩市の猪口《ちょこ》に注ごうとする。もうすっかり婿と舅《しゅうと》の関係に見える。

「はい、秋刀魚《さんま》が焼けましたよお。大根おろし、ここにあるからね」

芳子が両手に秋刀魚の載った平皿を持って台所から出てきた。凜々子が皿を受け取ろうとすると、

「ちょっとお姉ちゃん、秋刀魚の前に、玉子ムースの感想、まだ聞いてないんですけど」

温子が凛々子の肩を勢いよく叩《たた》いた。

「あ、おいしかったよ」

凛々子は大根おろしの器に手を伸ばす。

「もっと具体的に、なんかないの？」

「そうねえ。なめらかだった。ただなんか」

「なんか？」

「なんか、これに合うソースとかあったほうが、メリハリがついていいかなって思ったけど」

「なるほどね。それは鋭い意見だね。公ちゃん、次はソースの開発をしよう！」

「そうですね。なにか考えましょう。貴重なご指摘ありがとうございます。お姉さん」

あ、いえ。こいつら、すっかり夫婦気取りだ。もう結婚するつもりなのか。私以外はみんな、幸せそうだ。凛々子は一人だけ取り残されているような気がした。もしかすると私は検事を辞めざるを得なくなるかもしれない。そんな不安を、今、この人たちの前で吐露することはできない。家族の中で、長女の将来だけが暗いのか。凛々子は秋刀魚を口に運びつつ、心の中で溜《た》め息をついた。

翌朝、九時に仕事場に到着するや、凜々子は小川英夫刑事部長に呼び出された。昨日のことで叱責《しっせき》を食らうのは間違いない。もしかすると十時の林和志の取り調べから外されるのかもしれない。もうお前は不要だ。検事として失格だ。あれだけの失態を演じたのだ。そう言われても当然だろう。凜々子は意を決して、部長室のドアをノックした。

「おお」

小川部長の声がした。

「失礼します」

凜々子はうつむきながら入室する。部屋奥の窓際に、この事件の主任検事である安本欣三《きんぞう》の姿もある。激怒しているに違いない。が、ちらりと顔を盗み見たところ、二人とも興奮した赤鬼風の形相ではなかった。安本検事はスリムな身体を日当たりのいい窓ガラスにもたせかけ、涼しい表情で書類に目を通している。一方の小川部長はいつも通りの冷ややかな、ところどころにシミのある白い顔だ。

「そこに、掛けなさい」

小川部長は凜々子にソファを勧めた。よほど改まった話がない限り、部下をソファに座らせたりはしない。とうとう最後通牒《つうちょう》の瞬間が迫ってきたと凜々子は覚悟する。

「はい」

うつむいたまま、凜々子はソファに腰を下ろす。同時に小川部長と安本検事が向かい側に並んで座った。激しく緊張する。

「昨日、えらく暴れたそうだな」

小川部長の言葉はストレートだ。余計な修飾や前置きがいっさいない。

「はい。申し訳ありません」

凜々子は素直に謝った。凜々子も単刀直入のほうが助かる。さっさとクビを通告されて、さっさとこの部屋を出ていきたい。

「一晩経って、どうだ、少しは落ち着いたか」

なんと答えればいいのだろう。凜々子は躊躇《ちゅうちょ》した。少なくとも、涙は止まっている。

「……はい」

「そうか」と小川部長が反応した。

「一晩ってのは、大事なんだなあ」

小川部長が独り言のように呟《つぶや》いた。

「は？」思わず凜々子が顔を上げた。小川部長は軽く肩を揺らして微笑むと、

「林も、一晩、考えたらしいよ」

「林？」

「お前さんの被疑者の林和志だ。もう忘れたのか」

「いえ。林が考えた……っていうのは？」

凜々子は小川部長と安本検事の顔を交互に見比べた。安本検事は表情を変えることなく、小川部長と凜々子のやりとりを黙って聞いている。小川部長はソファの背に身を預け、片手をやや後退したおでこに当てると、長年にわたって培った人を射貫《いぬ》くような目で凜々子を見つめながら、コトの経緯を説明し始めた。


いかなる事件においても、起訴されるまで警察と検察との連携は緊密に行われるのが通例だ。

まず警察は被疑者を逮捕すると、取り調べや捜査を行い、四十八時間以内に検察庁に送致しなければならない。送致を受けた検察は、被疑者が住所不定、罪証隠滅のおそれ、逃亡のおそれありと判断した場合、裁判所に勾留《こうりゅう》請求をする。拘置所あるいは警察の留置施設に勾留された被疑者は特殊な罪を除いて最大二十日間にわたって、警察と検察による取り調べを受ける。つまり、検察に送検されたのちも、警察の継続捜査や取り調べは行われるのである。当初の四十八時間で警察があらゆる証拠を揃えることは困難だし、限られた時間内に警察と検察が共同して捜査をするほうが効率的だからである。また、今回の林和志のケースのように、いったん警察で自白したはずの被疑者が検事の前で否認する場合もある。そんなとき警察は、プライドをかけても捜査と取り調べを続行し、事件の真相を解明する必要が生じるのである。

「昨日、林和志が警察に戻ったあと、畑中のオヤジが林を取り調べたそうだ」

小川部長と畑中刑事は互いに若い頃からの付き合いだと聞く。数多くの事件で協力し合い、ときに激しく喧嘩《けんか》もし、いわば苦楽をともにしてきた間柄だ。今でも二人はときどき石川町の居酒屋などで酒を酌み交わすほど仲が良いらしい。畑中のことを「オヤジ」などと呼べるのは、検事仲間でも小川部長ぐらいのものである。

「お前さんの最初の取り調べで林和志が否認したのを、オヤジはどうしても納得がいかなかったんだろうな。実は林和志とオヤジは因縁の仲でね。何度も挙げてるし、取り調べだって何十回もやってるだろう。気心が知れてるっていうか。まあ、林もオヤジの前ではごまかしが利かないんだろう」

「はあ……」凜々子は自分の非力ぶりを指摘された気がして、肩をすくめた。

「で、林に聞いたらしいんだよ。どうして竹村検事の前で否認したんだって」

凜々子は顔を上げる。

「そしたらな」

畑中刑事は率直に聞いた。

「あの女検事がそんなに気に食わねえのか?」

するど林和志は「別に」と言葉を濁した。

「じゃ、なんで否認なんかしやがった」

畑中が問い質《ただ》すと、

「気に食わねえっていうか、ダメでしょ、アイツ。いかにも融通が利かなそうで、頭、固そうで、そんな女にへーこらしたくねーからさ」

ところが一晩経つと、その和志が、「気が変わった」と言い出したのだ。朝の八時に和志のほうから話があると言われ、畑中刑事は留置施設に向かった。前夜とは打って変わって表情が柔らかくなっている和志を見て、さすがの畑中も驚いた。

「どうした?」

畑中が尋ねると、

「あの女検事。あんまりバカなんで、なんか気の毒になってきましてね。夜中にあのバカ顔を思い出すと、つい笑っちゃうんですよ。だから、もう認めてやろうかなって」

「そうか」

畑中刑事は、溶岩のようなごつごつした顔を動かさずに答えた。

「俺はどうせ、数年ムショに入りゃ済むだろうけど、アイツは今回ダメだったら、たぶん生涯、ダメだろうからさ」

「そうか」

二人はそのまましばらく黙った。「数年」と和志は言うが、もし「殺人未遂」の罪が確定したら、数年では済まされない可能性がある。五、六年、いや、もう少し長いかもしれない。コイツは二十代のほとんどを刑務所で暮らすつもりか。畑中刑事は和志の貧乏ゆすりを見つめながら、言った。

「お前、そろそろ組から足洗ったらどうだ」

畑中の穏やかな視線が和志の顔に注がれた。和志はちらりと畑中を見上げ、フンと鼻を鳴らすと、ニヤリと笑った。

「俺、子供んときから、無責任な男にだけはなりたくねえって思って生きてきたんっすよ。俺の親みたいな無責任な人間には、なりたくねえってね。だから仲間は裏切れねえ。そのかわり、今回のことはちゃんと責任、果たしますから」

「そうか……」

「だから畑中さんよ。ちょっと罪状は軽めで一つ。短めで、ね。頼んでみてくださいよ」

「そりゃ、お前、そうはいかねえよ。俺が決めるわけじゃねえんだから」

畑中の渋い顔が引き締まる。たちまち事務的な口調に戻り、林和志から改めて調書を取り始めた。そしてそれを今朝、本件の主任検事である安本欣三のもとに届けてきたのである。

「これがさっきオヤジから届いた調書だ」

小川部長がそう言うと、隣の安本検事が黙って書類を凜々子に手渡した。畑中刑事によって作成された、林和志の供述調書である。凜々子は急いで書類に目を走らせる。

「私は逮捕された当初、刑事さんの取り調べで被害者に対する逮捕監禁および暴行について自分が犯したと話しましたが、その後、検察庁に送検され、検事さんの取り調べを受けた際、『知らねーっすよ』などと言って否認し、その後も否認し続けました。理由は、仲間を裏切ることはできないという気持がよぎったのと、加えて、担当した検事さんを困らせてやりたいという邪悪な心が働いたからです。女性だからごまかせるだろうとタカをくくったせいもあります。そのことにより、検事さんを激しく混乱させました。すべては私が検事さんをわざと困らせた結果です。しかし今は深く反省しております。一晩寝て、やはり真実を伝えなければならないと考え直しました。

検事さんは私の小さい頃、世話になっていた伯母《おば》の家に何度も足を運び、伯母の話をよく聞いてくれたそうです。伯母が自慢にしている手作りの辣油《ラーゆ》の話もして、私を子供の頃の素直だった時代に引き戻してくれました。検事さんが言う通り、この罪に対する償いをすべて済ませた暁には、伯母の店に戻り、またあの辣油作りに専念したいと思うようになりました」

　凜々子は供述調書から目を上げると、しばし呆然《ぼうぜん》とした。なんということだ。嬉《うれ》しいのか悲しいのか、自分でもわからなくなってきた。上司の前でみっともないと思いつつ、凜々子はまぶたの奥から溢《あふ》れ出てくる涙を止めることができない。

「よし、以上だ」

　小川部長がソファから立ち上がる。続いて安本検事も立ち上がり、凜々子を振り返って頷《うなず》いた。凜々子は涙をぬぐい、申し訳ありませんでしたと詰まった鼻の奥からかすれた声を出して頭を下げると、立ち上がり、部長室のドアに向かった。


「よおっ」と林和志が凜々子の部屋に現れたのは、十時を五分ほど過ぎた頃である。相変わらずの外股《そとまた》歩き。ゴム草履をわざとパタパタ鳴らすところも、いつも通りである。

「では、取り調べを始めます」

　パイプ椅子に座り、用意の整った和志を認めると、凜々子は声を発した。

「どうぞ」和志がのけぞった姿勢のまま、頷いた。この男に本当は、「ありがとう」と言いたい。でも、そうはいかない。凜々子は検事である。被疑者と友達ではない。

「あなたは今年の五月十二日、午前三時すぎ、本牧ふ頭の時間貸し駐車場において被害者の柏崎五郎に対し、暴行を加え、さらに極港会組事務所に被害者を逮捕監禁し、明け方五時頃までの約二時間にわたり、殴打、足蹴《げ》りなどの暴行を繰り返しましたね」

「はい」

和志が答える。凜々子は深呼吸をした。素直に容疑を認められることが、これほど嬉しいと思ったことはない。

「その後、気を失った被害者を山下町の小林外科病院前に運んで放置したのも事実ですか」

「はい」

「これは、被害者を殺すつもりだったのですか」

「いや、それは、ねえな。だって蹴った場所は足とか手だけだぜ」

「医師の診断書によると、被害者の腹部、腰部、胸部にも、はっきりとした打撲痕《こん》がありますが」

「でも、そのあとみんなで病院に運んでるんだぜ。傷、治してもらってこいよってことだ。親切だろ、俺たち」

凜々子の斜《はす》向かいで立ち会いの相原事務官は、和志の一言一句をパソコンに打ち込む。

凜々子はもう一度、手元の調書の束にざっと目を通す。

「では、他に申し述べることはありますか」

「ありませんっ」

和志は即座に、きっぱりと答えた。これでいいのだろうか。こんなにスムーズに終わってよかったのか。凜々子がさりげなく相原事務官のほうに目をやると、彼はひたすらパソコン画面を見つめているだけだ。

「ではこれで、取り調べを終了します」

そう言い切ると、凜々子は唇を噛《か》みしめた。口を開くと和志に余計な言葉をかけてしまいそうで恐かった。和志は凜々子の気持を察したのか、それとも照れたのか、初めて凜々子より先に視線をはずした。戒護員が帰り支度を始めている。凜々子と相原事務官は、準備ができるまで黙って待った。そして二人が部屋を出ていくまでを、自分の席に座ったまま、視線で見送った。

「検事」

ドアが閉まると、相原事務官が凜々子に声をかけてきた。

「あのーですね」

何を言われるのだろう。お詫《わ》びを言うべきは自分のほうである。しかし、どういう言葉で何を言えばいいのか、凜々子はまだ心の整理がついていない。

「はい……？」凜々子は問い返す。

「昨日のことなんですが」

相原事務官が上目遣いで凜々子を見つめる。凜々子は慌てた。

「昨日のことは、私が本当に……」

頭を下げようとする凜々子に向かい、

「いえ、そのことじゃなくて」相原事務官が手を横に振りながら、凜々子のデスクの抽斗《ひきだし》のほうに顔を向けた。

「あの辣油。あれって、どこに行けば手に入るんですか。あんまりおいしそうだったんで、僕も買いに行きたいなと思いまして」

相原事務官がぽちゃぽちゃした頬をひくつかせながらそう言った。なんだ、そういうことか。凜々子は噴き出した。即座に自分のデスクの抽斗を開け、

「どうぞ」

手に持った辣油を相原事務官に差し出す。

「え？」

「食べてみて、気に入ったら、お店、お教えします」

「いいんですか？　うわ、ありがとうございます」

相原事務官は受け取った辣油の瓶を両手で包み、愛《いと》おしそうに蓋《ふた》をさすった。

神蔵守が凛々子の隣でグラスを上げた。

「それでは、竹村検事の担当した極港会事件、無事に起訴できたことを祝して、カンパーイ」

呼び方こそ、みんなの前ではよそよそしいが、凛々子に寄り添う態度は馴《な》れ馴れし過ぎる。ときどきまわりの目を盗んで凛々子の胸元のネックレスに触れ、「僕のロケットじゃないんだね、今日は」などと囁《ささや》きかけてくる。凛々子はなんとか神蔵のそばを離れようと、「あ、ビール、もうない？　取ってくるわよ」などと立ち上がろうとするのだが、「駄目駄目、主役は動いちゃダメ」とみんなに制されてしまう。どうやら周囲は神蔵と凛々子がラブラブの関係だと思い込んでいるらしい。

今回の事件の起訴を祝い、その日は夕方になって凛々子の取調室でささやかな打ち上げ会を催すことになった。検察庁内の一室で、缶ビールと、柿ピーやポテトチップスなどの乾き物を並べて打ち上げをするのは昔からの慣習だ。その事件に関係しない隣の部屋の検事や事務官たちにも声をかけ、手の空いた者なら誰でも参加できるこの手の飲み会は、互いの親睦《しんぼく》や情報交換のためにも有効である。

「でも、今回の竹村検事は最高でしたよ」

少し酔いの回った相原事務官が声を上げた。

「やめてくださいよ。相原さん」

凛々子が眉《まゆ》をひそめたが、

「いや。僕、真面目に言ってるんです。だってさ。そりゃ、わざとああいう手は使えませんよ。でも、結果的には竹村検事があんなふうに暴れたからこそ、林和志を割ることに成功したんですからね。いやあ、見事な展開でした」

凛々子より得意そうに相原に同意しているのは神蔵守である。

「それはさ、僕がアドバイスしたからなんですよ。被疑者の弱みをつかんできなさいって。竹村さん、よく努力した。今回は特に頑張ったもんねえ」

神蔵は凛々子の顔に自分の顔を寄せて、今にもキスをしそうな勢いだ。

「やめてよ」凛々子は露骨に嫌な顔をして、神蔵を睨《にら》みつけた。だいたい神蔵のアドバイスに従って被疑者の弱みと思われる子供時代を捜査したら、被疑者に「古っ」って笑われたのではないか。神蔵のアドバイスは何の役にも立たなかった。

「おっと、神蔵検事、そんなに迫ったらダメですよお。竹村検事、怒ると恐いですよお」

相原事務官がからかうと、ようよう、ご両人というかけ声とともに、拍手が起こった。凛々子はますます居心地が悪くなり、神蔵にはきっぱりと背を向けて缶ビールをあおる。

「でも、こういう健全なお付き合いはおおいに発展してもらいたいものですなあ」

凜々子の隣室の立川《たちかわ》検事が、教師のような口調で発言した。

「あっちのほら、ああいうスキャンダルが広まるとさあ、なんか気色悪いもんなあ」

「あっちのスキャンダルって？」凜々子が訊ねる。

「ほら、奈良地検の。竹村さん、知らないの？　たしか竹村さんと同期じゃなかったっけ」

「え、誰？」

「笹原順子って、いたでしょう」

凜々子は驚いた。笹原順子は確かに凜々子の同期である。最近は、関西と横浜で離れているためしばらく会っていないけれど、入庁した頃からの友達だ。

「笹原さんが、何か問題起こしたの？」

凜々子が聞くと、

「俺、同期のはずだけど、笹原順子って、知らないなあ」

神蔵が言葉を挟んだ。知らないなら黙ってなさいと凜々子は横目で神蔵をちらりと見る。それから立川検事に向き直り、

「彼女が何をしたんですか？」

大きな顔の立川検事は喚問を求められた証人さながらに、居ずまいを正すと、モアイ像のように四角い顎《あご》を上げて低い声で語り出した。

「同じ地検の妻子持ちの事務官とねんごろになっちゃって、それが相手の奥さんに見つかって、奥さんが地検に押しかけて来ちゃってさ。かなり精神的にも参ってたのか、大勢の前で大暴れして。それがマスコミにかぎつけられて。もみ消そうとしたら、逆に週刊誌に『奈良地検の女　不倫スキャンダルもみ消し事件』とか書かれて大騒ぎだったんだよ」

「ウソでしょ……」

凜々子は啞然《あぜん》とする。凜々子の誕生日に、相談ごとがあると順子から送られてきたメールは、そのことだったのか。自分のことで頭がいっぱいで、メールの返信もしないまま放っておいたが、順子のことがにわかに心配になってきた。

「で、笹原さんは、どうなったんですか？」

凜々子は四角い立川検事に迫る。

「最終的にどうなったかわからないけれど、たぶん、検事を辞めざるを得ないことになるんじゃないかなあ」

「相手の事務官は？」立川検事の隣に座る原科《はらしな》事務官が質問する。

「男のほう？　それは、そのままなんじゃないの？」

「どうして？　なんで女だけが処分されなきゃならないんですか。それって、おかしくないですか」

凛々子がムキになった。

「ほらほら、竹村検事を刺激しちゃダメですよ。男に厳しいんだから。また、モノ投げちゃうよお」

相原事務官の頬が酒のせいかほんのり赤くなっている。凛々子は憤慨した。相原に対してではなく、順子の処分についてである。

「おー、ほっほっほお、そんな恐い顔しちゃって。でも、恐い顔の凛々子ちゃんも、すっごく、可愛いよ」

背中を向けていたはずの神蔵がいつのまにか凛々子の顔の横に迫ってきて、さりげなく凛々子の腰に手をまわしてきた。反射的に凛々子は振り返り、持っていたビールの缶ごと、神蔵の身体を思い切り突き飛ばした。

「ふざけんじゃないわよ！」

周囲のざわめきが一瞬にして収まった。静まり返った室内に、

「あ、また始まった」

相原事務官のひそかに呟《つぶや》く声がした。

解説

北上次郎

阿川佐和子《あがわさわこ》は、テレビタレントとして、エッセイストとして、そして対談MCとして著名な人であり、大ベストセラーになった『聞く力』を始めとして数多くの著作を持っている。エッセイ、対談、インタビューなどなど、この稿を書いている2016年夏の段階で、その著作はおそらく100を超えているだろう。その中に小説がある。阿川作品が収録されたアンソロジーを除く小説の単独著作は12。まず、その12作を列記する。

①『ウメ子』　1998年12月／小学館
②『恋する音楽小説』　2001年2月／講談社
③『屋上のあるアパート』　2003年1月／講談社
④『マチルデの肖像　恋する音楽小説2』　2003年7月／講談社
⑤『スープ・オペラ』　2005年11月／新潮社

⑥『婚約のあとで』　2008年2月／新潮社
⑦『ギョットちゃんの冒険』　2008年7月／大和書房
⑧『うからはらから』　2011年2月／新潮社
⑨『正義のセ』　2013年2月／KADOKAWA
⑩『正義のセ　2』　2013年3月／KADOKAWA
⑪『正義のセ　3』　2013年3月／KADOKAWA
⑫『負けるもんか　正義のセ』　2015年6月／KADOKAWA

100を超える著作の中のわずか12であるから、量的には少ない。しかし中身は濃い。たとえば著者初の長編小説である①は、幼稚園に通うみよちゃんが主人公で、転園してきたウメ子と仲良くなって、彼女たちの幼稚園生活が始まっていく。ウメ子という個性豊かな女の子を鮮やかに描いて強い印象を残している。これは坪田《つぼた》譲治《じょうじ》文学賞を受賞している。②と④は、音楽に関する短編集。③は、二十七歳の麻子《あさこ》が主人公の長編。勤務していた編集プロダクションが倒産し、突然一人暮らしを決意して実家から独立。ところがせっかく独立したのに、幼なじみが亭主と喧嘩《けんか》してアパートに転がり込んでくるし前途多難。ゴリラ男と食べ歩くくだりがいい。キャラクター造形が洒落《しゃれ》ホント、絶妙である。シリアスにならず、性描写も心理描写もなく、それでいて洒落た大人の恋愛模様を描く、昨今珍しい都会派軽恋愛小説だ。⑤は三十五歳のヒロイン島田ルイが二人の男性と共同生活を始める話で、微妙な恋模様がないわけではないが、物語の中心は恋ではない。料理だ、食事だ。タイトルから明らかなように次々に美味《おい》しそうなスープが出てくる。『ウメ子』に出てくるマカロニサラダや、『屋上のあるアパート』の試食パーティの場面など、阿川佐和子の小説には印象的な食事シーンがつきものだが、その意味で⑤は著者の美点が全開の長編といっていい。

⑥は七人の女性のさまざまな事情と日々を描くもので、島清《しませ》恋愛文学賞を受賞。⑦は、七歳の女の子を主人公にした長編ファンタジー。⑧は、異色の家族小説。なんといっても青山のレストランで開かれた来栖《くるす》家の食事会が象徴的だ。七十一歳のシゲルが若い後妻をもらってその入籍記念の食事会なのだが、シゲルの娘未来《みく》四十四歳が同席するのはいいが、なぜそこにシゲルの元妻珠子《たまこ》六十五歳と、未来の元夫室田《むろた》まで同席するのか。とてもヘンな食事会だ。ということで、⑨から始まるのが、凜々子《りりこ》が活躍するシリーズなのである。前置きが長くてすみません。

本書はその第1巻である。これまでの阿川佐和子作品を読んできた読者は、主人公竹村《たけむら》凜々子の職業が検事と聞いて驚くかもしれないが、ご安心。この検事、下町の豆腐屋の娘である。検事になるくらいだから正義感はあるが、ドジである。これまでの阿川佐和子作品の主人公が検事になったと思っていただければいい。

もちろん検事であるから描かれるのはさまざまな事件だ。それをいかに立件していくかが凜々子の仕事になる。したがってこれまでの諸作に比べれば、ストーリー性が濃くなってくる。そういう違いはあるので、阿川佐和子の新機軸といってもいい。しかしこういうものを書いてもうまいのだから、ホント、阿川佐和子は天才である。たっぷりと楽しめることは保証つきだ。

子供時代を描く第一章に登場する小林明日香《こばやしあすか》は第2巻にまた登場し、このシリーズの重要なわき役になっていくこと。同期の神蔵《かんぞう》はこのあともずっと凜々子につきまとい、なかなか諦《あきら》めないこと。第4巻には最強のわき役、虎子《とらこ》が登場することなど、今後の展開についてはヒントを書くにとどめておく。とても楽しいシリーズなので、この第1作からお読みになることをおすすめしたい。

本書は、二〇一三年二月に小社より刊行された単行本
を、改題のうえで文庫化したものです。

正《せい》義《ぎ》のセ

ユウズウキカンチンで何《なに》が悪《わる》い！

阿《あ》川《がわ》佐《さ》和《わ》子《こ》

平成28年 8月25日 初版発行
平成30年 3月30日 3版発行

発行者●郡司 聡

発行●株式会社KADOKAWA
〒102-8177 東京都千代田区富士見2-13-3
電話 0570-002-301（カスタマーサポート・ナビダイヤル）
受付時間 11:00〜17:00（土日 祝日 年末年始を除く）
http://www.kadokawa.co.jp/

角川文庫 19907

印刷所●株式会社暁印刷 製本所●株式会社ビルディング・ブックセンター

表紙画●和田三造

ISBN978-4-04-101337-3 C0193

JASRAC 出1608836-803

角川文庫発刊に際して

角川源義

第二次世界大戦の敗北は、軍事力の敗北であった以上に、私たちの若い文化力の敗退であった。私たちの文化が戦争に対して如何に無力であり、単なるあだ花に過ぎなかったかを、私たちは身を以て体験し痛感した。西洋近代文化の摂取にとって、明治以後八十年の歳月は決して短かすぎたとは言えない。にもかかわらず、近代文化の伝統を確立し、自由な批判と柔軟な良識に富む文化層として自らを形成することに私たちは失敗して来た。そしてこれは、各層への文化の普及滲透を任務とする出版人の責任でもあった。

一九四五年以来、私たちは再び振出しに戻り、第一歩から踏み出すことを余儀なくされた。これは大きな不幸ではあるが、反面、これまでの混沌・未熟・歪曲の中にあった我が国の文化に秩序と確たる基礎を齎らすためには絶好の機会でもある。角川書店は、このような祖国の文化的危機にあたり、微力をも顧みず再建の礎石たるべき抱負と決意とをもって出発したが、ここに創立以来の念願を果すべく角川文庫を発刊する。これまで刊行されたあらゆる全集叢書文庫類の長所と短所とを検討し、古今東西の不朽の典籍を、良心的編集のもとに、廉価に、そして書架にふさわしい美本として、多くのひとびとに提供しようとする。しかし私たちは徒らに百科全書的な知識のジレッタントを作ることを目的とせず、あくまで祖国の文化に秩序と再建への道を示し、この文庫を角川書店の栄ある事業として、今後永久に継続発展せしめ、学芸と教養との殿堂として大成せんことを期したい。多くの読書子の愛情ある忠言と支持とによって、この希望と抱負とを完遂せしめられんことを願う。

一九四九年五月三日

角川文庫ベストセラー

泣く大人　江國香織

夫、愛犬、男友達、旅、本にまつわる思い……刻一刻と姿を変える、さざなみのような日々の生活の積み重ねを、簡潔な洗練を重ねた文章で綴る。大人がほっとできるような、上質のエッセイ集。

はだかんぼうたち　江國香織

9歳年下の鯖崎と付き合う桃。母の和枝を急に亡くした、桃の親友の響子。桃がいながらも響子に接近する鯖崎……〝誰かを求める〟思いにあまりに素直な男女たち＝〝はだかんぼうたち〟のたどり着く地とは――。

恋をしよう。夢をみよう。旅にでよう。　角田光代

「褒め男」にくらっときたことありますか？　褒め方に下心がなく、しかし自分は特別だと錯覚させる。ついに遭遇した褒め男の言葉に私は……ゆるゆると語り合っているうちに元気になれる、傑作エッセイ集。

薄闇シルエット　角田光代

「結婚してやる」と恋人に得意げに言われ、ハナは反発する。結婚を「幸せ」と信じにくいが、自分なりの何かも見つからず、もう37歳。そんな自分に苛立ち、戸惑うが……ひたむきに生きる女性の心情を描く。

幾千の夜、昨日の月　角田光代

初めて足を踏み入れた異国の日暮れ、終電後恋人にひと目逢おうと飛ばすタクシー、消灯後の母の病室……夜は私に思い出させる。自分が何も持っていなくて、ひとりぼっちであることを。追憶の名随筆。